novum pro

AF146593

Ernst Vetter

SCHATTENSEITEN
EINES
LICHTERBOGENS

novum pro

www.novumverlag.com

Bibliografische Information
der Deutschen Nationalbibliothek:

Die Deutsche Nationalbibliothek
verzeichnet diese Publikation in
der Deutschen Nationalbibliografie.
Detaillierte bibliografische Daten
sind im Internet über
http://www.d-nb.de abrufbar.

Alle Rechte der Verbreitung,
auch durch Film, Funk und Fernsehen,
fotomechanische Wiedergabe,
Tonträger, elektronische Datenträger
und auszugsweisen Nachdruck,
sind vorbehalten.

© 2020 novum Verlag

ISBN 978-3-99107-019-1
Lektorat: Susanne Schilp
Umschlagfotos: Yauheni Hastsiukhin,
Sriyana Sriyana | Dreamstime.com
Umschlaggestaltung, Layout & Satz:
novum Verlag

Gedruckt in der Europäischen Union
auf umweltfreundlichem, chlor- und
säurefrei gebleichtem Papier.

www.novumverlag.com

InterContinental Hotel Berlin

Einen Spaziergang vom Brandenburger Tor entfernt am Rande des Tiergartens, liegt das InterContinental Hotel, in dem Rechtsanwalt Dr. Rudolph Bachmann und seine Ehefrau Marianne mit Ernst Wiederhold, dem Geschäftsführer der internationalen Immobiliengesellschaft Möller und Hagen Comerzial, zum Mittagessen verabredet waren. Der Anlass dieses Treffens war der mögliche Ankauf eines Grundstückes auf Teneriffa, in dem Ort, Igueste de San Andres, den die Bachmanns seit vielen Jahren besuchten und den sie sich als persönlichen Rückzugsort ausgewählt hatten. Es sollte ihr Ort sein für das Erleben einer gemeinsamen schönen Lebenszeit. Zwischen Bachmann und dem Geschäftsführer Wiederhold bestand eine langjährige Freundschaft, die sie schon seit der gemeinsamen Schulzeit in Berlin verband. Wiederhold war ein erfahrener Vermarktungsexperte, Bachmann hatte sich mit der Gründung seiner Anwaltskanzlei zu einem renommierten Rechtsexperten in Berlin entwickelt, der seinem Freund auch privat so manchen juristischen Beistand geboten hatte. Das Ehepaar Bachmann traf sich mit Ernst Wiederhold in der Lobby des Hotels, gemeinsam gingen sie zum reservierten Mittagstisch in das Restaurant. Dort wurden sie mit sehr geschmackvollen regionalen A-la-carte-Gourmetgerichten überrascht, die ihnen in einer zuvorkommenden Art serviert wurden. Rudolph sagte zu seinem Gesprächspartner: „Ich freue mich sehr, lieber Ernst, dass wir diesen Ort für das für uns so wichtige Gespräch gewählt haben. Ist es nicht wunderbar, neben den vorzüglichen Speisen auch den Panoramablick von der Siegessäule über Alexanderplatz bis zur Gedächtniskirche von diesem Hotel aus zu erleben?" Er lächelte und sprach weiter: „Diese Kulisse bildet wirklich einen passenden Hintergrund für unser Treffen." „Das sehe ich genauso", erwiderte Ernst, „zudem freue auch ich mich über unser Wiedersehen und die Möglichkeit, euch nun endlich das versprochene Teneriffa-Angebot zu unterbreiten, auf das ihr ja schon so lange gewartet habt. Don Pedro, ihr kennt ihn ja schon einige Jahre, hat nach Klärung einiger Besitzansprüche innerhalb der Familie zugestimmt, das Anwesen in Igueste zu verkaufen. Mir gegenüber erklärte er, dass er es euch gerne überlassen würde, wenn ihr seine Preisvorstellungen akzeptiert. Er wird zunächst keine weiteren Verhandlungen mit anderen Mitbewerbern führen. Lieber Rudolph, liebe Marianne, ihr kennt ja das Ferienhaus mit dem 800 Quadratmeter großen Grund und Boden. Ich kann zum Kauf dieses Filetstücks nur raten. Wenn ihr mit dem Erwerb einverstanden seid, werde ich die Formalitäten mit Don Pedro abwickeln und du, Rudolph, müsstest dann in den nächsten Tagen zu mir ins Büro zur Unterzeichnung des Kaufvertrages kommen." Die Bachmanns waren hoch erfreut über das Angebot. Sie bedankten sich bei ihrem Freund ganz herzlich und stießen auf den bevorstehenden Erwerb der Teneriffaimmobilie mit einem Glas Champagner an. Dann begannen die Plaudereien über alte Zeiten. Sie sprachen über ihre Jugendzeit im westlichen Teil der gespaltenen Stadt. Wiederhold sagte: „Was haben wir schon in jungen Jahren alles erlebt in unserer Heimatstadt mit seiner so bewegten Geschichte. Weißt du noch, wie wir am 9. November 1989 aktiv wurden? Wir eilten von unserem alten Treffpunkt am Sockel der Siegessäule ans Brandenburger Tor, wo die Mauer besonders breit und mächtig war. Aufgeregt liehen wir uns von einem der Mauerspechte, er hieß Gerhard und kam aus Ostberlin, das weiß ich noch genau, Hammer und Meißel. Während Gerhard mit dem Sortieren und Einsacken seiner zahlreichen Betonteile beschäftigt war, rückten wir dem ‚Eisernen Vorhang' zu Leibe und klopften mit all unserer Kraft abwechselnd Teile aus der Mauer heraus, wobei wir besonders darauf achteten, dass sie auch noch Spuren von Graffiti aufweisen und nicht nur wie betongraue Zementklumpen aussahen. Regelmäßige Durchsagen der Westberliner Polizei – Unterlassen Sie sofort das Mauerklopfen – zeigten kaum eine Wirkung. Das Klopfen an der Mauer entwickelte sich zum Volkssport." Rudolph sagte: „Die besonders schönen Stücke liegen bei mir zu Hause im Bücherregal und die kleinen Stücke in einer Schachtel im Schrank." Ernst erwiderte: „Ja, auch ich habe diese Erinnerungstücke präsent. Ein buntes, etwa Zigarettenschachtel großes Exemplar, das von einer klaren Plexiglashülle geschützt wird, steht bei mir in der Immobilienfirma auf meinem Schreibtisch. Manche meiner Kunden betrachten das Gebilde und fragen mich oft nach dessen Bedeutung. Ich sage ihnen dann voller Stolz: Es ist ein Teil der von mir aus der Berliner Mauer, die mehr als 28 Jahre den Ost- und den Westteil Berlins voneinander getrennt hatte, herausgeklopftes Erinnerungsstück. Ich teilte dem Kunden dann noch mit, dass diese ‚negative Immobilie' im Juni 1990 endgültig abgerissen wurde." Rudolph erinnerte sich auch noch daran, wie sich damals ein schwunghafter Handel mit den Mauerbrocken entwickelte. Selbstverfasste Zertifikate beteuerten die Echtheit der Stücke. Böse Zungen behaupteten allerdings, aus den seit 1989 als Mauerstücke verkauften Betonteilen ließe sich eine Grenzmauer um die ganze wiedervereinigte Bundesrepublik bauen. Ernst berichtete noch, dass sie am Tag nach dem 9. 11. 89 wieder an ihrem Treffpunkt am Sockel der Siegessäule saßen und die brennende Schlagzeile Willy Brandts interpretieren: „Jetzt wird zusammenwachsen, was zusammengehört." Ernst sagte damals sehr nachdenklich: „Jetzt müssen wir erst einmal unsere Gefühle ordnen. Es kommt darauf an, die beiden Wörter– zusammen und wachsen – jeweils für sich zu betonen. Also nicht meinen, dass jetzt alles wie von selbst zusammenwachsen würde, sondern sich dessen bewusst sein, dass beide Seiten wachsen werden, sich entwickeln müssen, jede auf ihre eigene Weise. Endlich nicht mehr im getrennten Nebeneinander, sondern im Miteinander. Wie ist es heute mit dem, was da seit 30 Jahren gewachsen ist? Ist es zusammengewachsen?", Rudolph erwiderte: „Die Frage im persönlichen Umgang, ist dieser aus dem Osten, jener aus dem Westen, stellt sich meiner Meinung nach auch heute noch. Die wechselseitigen Vorurteile reduzieren sich aber, je mehr man sich kennenlernt. Nur so ist das Überwinden von Fremdheit, Unverständnis Ängsten und Unsicherheit gegeben. In unserer Kanzlei gehen wir, egal aus welcher Himmelsrichtung der Mitarbeiter kommt, im Großen und Ganzen normal miteinander um." Rudolph führte das Gespräch weiter, indem er fragte: „Betrachten wir doch auch einmal, was aus unserer Hauptstadt geworden ist." „Ja", sagte Ernst Wiederhold, „sie hat sich zu einer modernen Wirtschaftsmetropole entwickelt, die sich durch große unternehmerische Vielfalt auszeichnet. Die Chancen, die die wiedervereinigte Stadt allein in den 90er-Jahren der Wirtschaft eröffnet hat, wurden von den unterschiedlichsten Branchen genutzt. Vorhandene Unternehmen und Betriebe haben sich weiterentwickelt und expandiert, neue Unternehmen kamen dazu. Den Erfolg Berlins haben auch die neuen besonderen Rahmenbedingungen mit vielen gewerblich nutz- und entwickelbaren Freiflächen sowie mit günstigen Wohnungs- und Büromieten geschaffen, von denen auch wir beide mit unseren Unternehmen profitierten. Auch zu erwähnen ist die neue Hochschullandschaft mit ihrer breiten universitären und außeruniversitären Forschungslandschaft, die wie ein Magnet wirkte, um hochqualifizierte Fachkräfte anzuziehen." „Ja, lieber Ernst", erwiderte Rudolph, „diese Entwicklungen waren für uns unvorstellbar." Marianne sagte: „Zu allem, was ihr so voller Stolz ausgesprochen habt, ist es auch eine große Freude, festzustellen, dass die einzigartigen Kulturangebote und die ausgeprägte attraktive Ausgehkultur, die sich auf internationaler Ebene entwickelte, das kreative Flair in unserer pulsierenden Stadt in besonderer Weise mitprägen. Berlin hat ja auch die Aufgabe, als deutsche Hauptstadt Schaufenster für dieses Land zu sein. Wir wollen das, was wir haben an Kultur und Veranstaltungen, mit möglichst vielen Menschen teilen. Dabei muss man in zunehmendem Maße darauf achten, dass die ansteigenden Besucherzahlen in unserer Stadt über einen gut organisierten und geregelten Tourismus geleitet werden. Städte wie Barcelona, Amsterdam, selbst Paris verkraften ihre ansteigenden

Besucherzahlen nur mit großen Problemen. Wenn man in Paris im Louvre an die Mona Lisa nicht mehr rankommt, sondern aus der 24sten Reihe ein Foto machen muss, indem man das Handy hochhebt. Wollen wir das? Wir setzen dann doch lieber auf Klasse statt Masse." Rudolph sagte: „Neben diesen so positiven Entwicklungen in unserer Heimatstadt dürfen wir nicht vergessen, dass Berlin auch eine Hochburg krimineller Clans geworden ist. Fehlende Polizeikräfte, Übergriffe auf unbeteiligte Dritte an zentralen Orten und Ohnmachtsgefühle gegenüber kriminellen Clanstrukturen verunsichern die Menschen in unserer Stadt."
„Was kann man denn dagegen unternehmen?", fragte Ernst Wiederhold. Rudolph sagte: „Dem muss durch zusätzliche Polizeikräfte, einem Ausbau der Staatsanwaltschaften und mehr Strafrichter sowie effektiver präventiver und repressiver polizeilicher Maßnahmen begegnet werden. Wir brauchen mehr Videoüberwachungen an öffentlichen Plätzen. Geduldete Drogenkriminalität wie am Görlitzer Park ist nicht hinnehmbar. Wir wollen, dass sich die Bürgerinnen und Bürger sicher fühlen und auch nachts ohne Angst auf die Straßen gehen können."

Nach einigen Stunden des Zusammenseins, in denen sie noch in lebhaften Gesprächen so manche gemeinsame Erlebnisse austauschten, verabschiedeten sich die Freunde. Rudolph fuhr zurück in die Kanzlei und Marianne spazierte in bester Laune zum Kudamm, um sich dort mit ihrer Freundin Beate im Café Kranzler zu treffen. Beide Freundinnen hatten in Berlin die Schauspielschule besucht. Sie liebten es, Theater zu spielen. Spielerisches Gestalten, Improvisieren und Nachempfinden, lösten Freude aus und berührten ihre Sinne. Es gab immer viel zu erzählen. Bei Kuchen und Kaffee sprachen sie über ein Stück, das im Renaissance-Theater in Berlin Charlottenburg gegeben wurde: „Männer, Männer, sie machen uns glücklich und elend. Ein Abend über die Frauen um Goethe mit ersonnenen Weiberworten".

Rudolph und Hans Bachmann

Rudolph Bachmann wurde in Berlin geboren und wuchs zusammen mit seinem neun Jahre älteren Bruder Jürgen in einem Juristenhaushalt auf. Sein Vater arbeitete als Fachanwalt für Strafrecht im Landesjustizprüfungsamt Berlin. Die Familie lebte in einer Jugendstilvilla in Berlin-Zehlendorf, die Rudolphs Mutter von ihren Eltern geerbt hatte. Die Kinder wurden im geteilten Berlin groß. Rudolph ging nach dem Abitur zum Jurastudium nach Göttingen, während sein Bruder Jürgen, der in Frankfurt Maschinenbau studierte, später in einer Berliner Baufirma tätig war.

Seine Ehefrau Marianne hatte Rudolph schon als Kind kennengelernt, nach Schuleintritt, als er acht Jahre alt war. In sie verliebte er sich als 18-jähriger Mann. Die Liebe wurde erwidert, sie verlobten sich nach einem Jahr und noch während des Studiums heirateten die beiden. Dem Vater von Rudolph war diese Ehe gar nicht recht. Ihm missfiel an der Brautwahl seines Sohnes zweierlei: Sie war nicht vermögend und ihr waren nach einer ausgeprägten Unterleibsinfektion beide Eierstöcke entfernt worden. Eine Ehe mit ihr hätte Kinderlosigkeit zur Folge gehabt. Aber das Paar setzte sich über alle Bedenken in der Familie hinweg und führte eine glückliche Ehe. Rudolph war viele Jahre auf dem Gebiet des Strafrechts wissenschaftlich tätig und promovierte mit einem wirtschaftsstrafrechtlichen Thema. Viele Jahre war er wie sein Vater als Fachanwalt für Strafrecht im Landesjustizprüfungsamt Berlin tätig. Danach gründete er die Anwaltskanzlei und Wirtschaftsprüfergesellschaft in Berlin-Charlottenburg. Hans Bachmann, der Sohn von Rudolphs Bruder, wurde im Alter von 15 Jahren Vollwaise. Seine Eltern, die zu einer Studienreise nach

Brasilien gereist waren, stürzten mit einem einmotorigen Propellerflugzeug über dem schwer zugänglichen Amazonasgebiet ab und verunglückten tödlich. Das Flugzeug meldete Probleme mit der Elektronik, bevor es vom Radarschirm verschwand. Rudolph Bachmann und seine Frau kümmerten sich sehr liebevoll um Hans und adoptierten ihn einige Jahre später. Nach dem Abitur studierte Hans an der Goethe Universität in Frankfurt am Main Jura. Er absolvierte ein Doppelstudium. Neben dem klassischen juristischen Examensstudium studierte er auch Wirtschaftswissenschaften. Hans war ein sehr fleißiger und zielstrebiger Student, der bereits nach vier Jahren das Jurastudium erfolgreich beendete und nach einer Referendarzeit beim Amtsgericht in Münster als Volljurist mit Spezialkenntnissen der Wirtschaft in die väterliche Kanzlei eintrat. Er freute sich über ein Einstiegsgehalt von über 90.000 Euro pro Jahr. Was ihm auch die Möglichkeit gab, jetzt finanziell bereit zu sein für die Gründung einer eigenen Familie. Seine Urlaube verbrachte Hans sehr oft in Kroatien, wo er Danika, die Lehrerin für deutsche und englische Sprache, kennenlernte. Zu Hause schwärmte er Marianne und Rudolph gegenüber immer wieder von seiner Freundin, er sagte: „Ihr müsst es mir glauben, die Kroatinnen sind die besten Frauen der Welt. Sie sind hübsch, charmant, klug und humorvoll." „Na, dann stell uns doch einmal deine Danika vor", sagte Rudolph zu Hans, der sich darüber sehr freute und umgehend ein Treffen organisierte. Die kroatische Freundin von Hans war in ein Netzwerk kroatischer Frauen eingebunden, eine Plattform, die prominente kroatische Frauen in Kroatien und im Ausland verband. Es fanden im Rahmen dieses Netzwerkes regelmäßig Konferenzen mit Frauen aus Kroatien, Bosnien-Herzegowina, der Schweiz, USA und Australien statt. Die Hauptthemen drehten sich um die Position und den Einfluss von Frauen in der modernen Gesellschaft. Die Diskussionsrunden und Vorträge befassten sich mit Themen wie Unternehmertum von Frauen, Vernetzungspotenzial, Innovationen, Intuition und Weisheit der Frauen sowie Frauen ohne Grenzen. Sinn der Treffen sei es, so erläuterte Danika, Frauen aus Kroatien mit denen aus dem Ausland zu verbinden, zu vernetzen und neue Projekte zu entwickeln. Die Frauen im Ausland müssten in der kroatischen Gemeinschaft tätig sein und zur Förderung Kroatiens in der Welt beitragen. Danika sagte: „Die kroatischen Frauen sind sehr emanzipiert. Sehr oft sind sie die Führer in der Familie und treffen alle Entscheidungen. Sie streben Karriere an und stehen Männern im Berufsfeld in keiner Weise nach."

Hans und Danika verliebten sich ineinander und heirateten schon bald darauf. „Meine Frau Danika ist ein Allroundtalent als Ehefrau, Hausfrau, immer mit viel Liebe, sie ist eine emanzipierte Weltfrau", schwärmte Hans. Das junge Ehepaar zog in die Zehlendorfer Familienvilla und während Hans morgens zusammen mit seinem Vater in die Kanzlei nach Charlottenburg fuhr, begann Danika den Tag als Lehrerin am Gymnasium in Zehlendorf.

Anwaltskanzlei-Wirtschaftsprüfergesellschaft

Die Kanzlei von Rudolph Bachmann befand sich im gut situierten Westen Berlins in der Berliner City-West. Die Lage in der Kantstraße war sehr prominent. In den Anfängen war es schon mutig gewesen, hier eine Kanzlei zu eröffnen, sie war nach außen schneller gewachsen als ihre Organisation nach innen. Das hatte komplexe Folgen, mehrere Kündigungen im Bereich der Assistenz, schwer zu organisierende Folgen eines erheblichen Krankenstandes sowie eine überdurchschnittliche hohe Kündigungsrate ihrer neu eingestellten Anwälte von lediglich sechs bis acht Monaten. Eine erhebliche Unruhe unter den verbliebenen Anwälten und Assistenzen sorgte für Gefühle von innerem Wiederstand. Rudolph merkte sehr schnell, dass mit der Führung etwas nicht stimmte. Er recherchierte, bastelte an einem neuen Konzept, das er mit großem Engagement durchsetzte. Nach Zeiten großer Ängste und Sorgen lief endlich alles gut. Die Kanzlei, das war heute er. Ohne ihn lief nichts. Seine rechte Hand war sein Sohn Hans, der eigenständig, kreativ und engagiert arbeitete. Beide waren ausgewiesene Strafverteidiger, die Augenmaß für das Machbare besaßen. Sie betonten immer wieder: Es kam in Strafsachen nicht darauf an, eine den Laien beeindruckende Selbstdarstellung zu inszenieren, sondern einzig und allein auf den Erfolg für den Mandanten. Dieser sah sich nicht selten das erste Mal mit der Ausnahmesituation eines Strafverfahrens konfrontiert. Aus, ihrer Erfahrung wussten sie, wie damit umzugehen war. Sie begleiteten ihre Mandanten als ihre engagierten Verteidiger durch das gesamte Verfahren, von den ersten Ermittlungen bis zum Abschluss der Revision. Die Kanzlei beschäftigte

30 Mitarbeiter, darunter spezialisierte Rechtsanwälte und sehr versierte Rechtsfachwirtinnen, die mit ihren Tätigkeitsschwerpunkten ein breites Feld der anwaltlichen Beratung und Vertretung abdeckten. Kernkompetenzen der Kanzlei bezogen sich in erster Linie auf Strafprozessvertretungen und das Wirtschaftsrecht, daneben auch auf das Arbeitsrecht, Familienrecht, Arzt- und Medizinrecht, Datenschutz, Patentrecht und weitere Gebiete Die Kanzlei vertrat ihre Mandanten deutschlandweit vor allen Gerichten mit Ausnahme der Zivilsenate des BGH. Zum Führungsstab der Kanzlei gehörten auch vier sehr erfahrene Fachanwälte, die von Rudolph als Abteilungsleiter eingesetzt wurden.

Herr Rechtsanwalt Schlüter kannte alle Abläufe im Wirtschaftsleben. Vor seiner Tätigkeit in der Kanzlei arbeitete er in einem Handelsbetrieb. Sein Aufgabenbereich konzentrierte sich insbesondere auf Unterschlagungen, Korruption und Geldwäsche, Falschbilanzierung, Insolvenzverschleppung, unlauteren Wettbewerb. Unter diesen Aspekten vertrat er Unternehmen, die selbst Opfer von Wirtschaftsstraftaten geworden waren oder den Verdacht auf Rechtsverstöße in der eigenen Organisation hatten.

Herr Rechtsanwalt Wilken war ein sehr erfahrener Fachanwalt. Er beriet und vertrat Unternehmen der Privatwirtschaft und Organisationen des öffentlichen Sektors, hauptsächlich auf den Gebieten Patentrecht, Ordnungswidrigkeitenrecht und Criminal Compliance. Seine Arbeitsfelder waren Klageschriften, Klageerwiderungen, Nichtigkeitswiderklage, EU-Patentverletzungsverfahren. Er beherrschte mit seiner langjährigen Praxiserfahrung das Recht in mandatsorientierter Form.

Herr Rechtsanwalt Lange arbeitete früher in einer namhaften deutschen Bank und hatte Erfahrungen nicht nur im Finanzsektor, sondern auch im Steuerstrafrecht. Er gab grundlegende Einblicke in das Bankrecht, Tipps aus der Praxis für den Umgang mit Banken bei der Durchsetzung und Abwehr von Ansprüchen der Mandanten.

Frau Rechtsanwältin Schmidt komplettierte das Wirtschaftsstrafrechts-Team. Sie kannte das Wirtschaftsleben nicht nur von der theoretischen Seite, sondern ebenso als Entscheidungsträger in wirtschaftlichen Angelegenheiten sofern das konkrete Mandat es erforderte. Sie verfügte über langjährige Erfahrungen in Wirtschaftsstrafverfahren. Ihre Tätigkeit in der Kanzlei war sehr wichtig, denn auf der Seite der Staatsgewalt arbeiteten spezialisierte und gut ausgebildete Staatsanwälte zusammen mit häufig nur für den konkreten Fall gebildeten Sondereinheiten der Kripo. Um der Staatsgewalt in den teilweise sehr großen und aufwendigen Wirtschaftsstrafsachen auch von der Manpower ein entsprechendes Pendant entgegenzustellen, bearbeitete sie bei Bedarf die Wirtschaftsstrafsachen im Team sowie auch zusammen mit Kooperationspartnern wie Steuerberatern und anderen Fachexperten.

Arbeit in der Kanzlei

Die Arbeit in der Kanzlei funktionierte nach sich immer wiederholenden Regeln. Morgens erfolgte die Beantwortung zahlreicher E-Mails, gefolgt von der Teilnahme an Meetings und Telefonkonferenzen. Der Rest des Arbeitstages wurde damit verbracht, Mandanten bei rechtlichen Fragen zur Seite zu stehen und diese zu beantworten und Lösungsmöglichkeiten vorzustellen. Dazu mussten Verträge aufgesetzt und Termine vor Gericht wahrgenommen werden. Zu den Auftraggebern der Kanzlei gehörten Unternehmen der verschiedensten Branchen – von kommunalen Unternehmen bis zum DAX-30-Konzern – sowie Behörden und Körperschaften. Als Rudolph von seinem Treffen mit Ernst Wiederhold zurückkehrte, berief er die Abteilungsleiter der Kanzlei in sein Büro, um sich über den Stand der aktuellen Tätigkeiten zu informieren. Rechtsanwalt Schlüter berichtete: „Es vergeht kaum eine Woche ohne neue Insolvenzen. Gerry Weber, René Lezard, Hallhuber, Strenesse, Marken aus allen Segmenten treten den Rückzug an und hinterlassen in unseren Einkaufsstraßen und Zentren sichtbare Lücken. Wir sind zurzeit mit zwei Insolvenzverfahren beschäftigt, wobei uns ein Unternehmen Kopfschmerzen bereitet, es besteht der Verdacht, dass hier die Mafia ihre Hände mit im Spiel hat. Wir führen diesbezügliche Recherchen durch, sprechen Mitte der Woche mit den Mandanten und werden dann mit unserem Team die notwendigen Schritte der Zusammenarbeit im Wirtschaftsstrafrecht festlegen." Rechtsanwalt Wilken berichtete über den Stand eines Patentverletzungsverfahrens zu einem technologischen Produkt, das zwei Firmen miteinander betreiben. „Wir haben in der nächsten Woche einen Termin mit unserem Mandanten vor Gericht. Wir sind gut vorbereitet, um die Ansprüche unseres Mandanten durchsetzen zu können." Rechtsanwalt Lange und Frau Rechtsanwältin Schmidt arbeiteten an juristischen Langzeitprojekten, zusammen mit einem Konzern, und benötigten zurzeit keine kurzfristigen Termine. Nach weiteren Diskussionen über verschiedene Abläufe innerhalb der Kanzlei beendete Rudolph die Konferenz, verabschiedete sich von seinen Mitarbeitern und fuhr nach Hause.

Igueste de San Andres

Zwei Wochen nach dem Treffen im InterContinental Hotel saßen Rudolph mit Marianne, Hans und Danika bei einem Glas Wein auf der Terrasse der Zehlendorfer Villa. Rudolph sagte, dass er jetzt das Anwesen auf Teneriffa gekauft habe und auch gleich in der nächsten Woche mit Marianne nach Teneriffa fliegen werde. „Lieber Hans, ich übertrage dir erstmal für diese Zeit die alleinige Führung der Kanzlei, wir können uns je nach Bedarf per Skype austauschen und beraten." Hans sagte: „Das sollte kein Problem sein. Danika und ich wünschen euch viel Freude und Erholung in dem neugewählten Paradies."

Als sie mit dem Flieger in Teneriffa landeten, nahmen sie einen Leihwagen, mit dem sie die Straße von Santa Cruz aus über die Playa de las Teresitas nach Igueste de San Andres fuhren. Nach einiger Zeit erreichten sie über eine lange Serpentinenstraße ihr Ziel. Igueste de San Andres liegt auf der Nordostseite der Insel. Der Ort ist einzigartig mit dem weißen Sand und den zahlreichen Palmen und einem über das ganze Jahr anhaltenden sehr milden Klima. Das von den Bachmanns gekaufte Anwesen war sehr attraktiv. Es hatte eine unmittelbare Lage am Meer mit herrlichem Panoramablick und vielen idyllischen Bezügen zur umliegenden Natur. Das Haus wurde liebevoll im Landhausstil errichtet. Sie hatten hier eine komplett ausgestattete Küche, einen großzügigen Essbereich mit Platz für bis zu sechs Personen, einen Wohnbereich mit Fernseher, SAT-TV, CD-Player und zwei Schlafzimmer – eines mit Doppelbett, eines mit zwei Einzelbetten – und ein schönes geräumiges Duschbad. Zudem hatten sich die Bachmanns noch einen elektrischen Durchlauferhitzer angeschafft. Das Haus war komplett isoliert, so dass es auch an kühleren Wintertagen im Inneren warm war. Im Außenbereich befanden sich, neben einer großen Sonnenterasse, ein Grillhäuschen mit Esstisch, Spüle und einer Toilette. Die sehr gepflegte Sonnenterrasse lud zum Erholen, Relaxen, Essen und Genießen ein. Rudolph und Marianne erfreuten sich an dem wunderbaren Ausblick auf die schöne Umgebung und an der angenehmen Ruhe. Es gab nur eine Straße, die im Ort endete. Kein Verkehr, kein Autolärm, nur frische Luft und eine gesunde Meeresbrise. Zu Fuß erreichten sie in nur zehn Minuten den Strand mit feinem Lava-Sand. Rudolph und Marianne hatten ihren romantischen Ort gefunden, in dem sie sich sehr wohl fühlten und den kalten Winter vergessen konnten. Marianne hatte einen grünen Daumen. Auf einer früheren Ackerfläche, die gleich hinter dem Haus gelegen war, hatte sie einen wunderschönen Garten angelegt, mit vielen Obstbäumen und heimischen Früchten, Orangen, Zitronen Mangos und Papayas. Für den eigenen Verzehr baute sie Salat, Kartoffeln, Zwiebeln und vieles mehr an, zudem malte sie auch fleißig und mit viel Freude insbesondere Motive der sie umgebenden Naturlandschaft. Zu ihrem Nachbarn Don Pedro hatten die Bachmanns ein freundliches Miteinander aufgebaut und manche Abende zusammen beim Grillen verbracht. Rudolph fühlte sich in diesem milden Klima und der für ihn stressfreien Umgebung sehr wohl. Er beschäftigte sich viel mit Geschichte und Malern der Vergangenheit und Gegenwart. Einmal in der Woche skypte er mit Hans in Berlin, um Problemfälle der Kanzlei miteinander zu beraten. In den vergangenen Wochen fühlte sich Rudolph trotz dem so gemütlichen Ambiente nicht wohl. Er bekam häufig Kopfschmerzen und Schwindelgefühle, zeigte auch ein blasses Gesicht. Marianne sagte am Abend nach dem Abendessen: „Weißt du, Rudolph, so geht das nicht weiter, wir müssen etwas unternehmen." Sie beschlossen, für kurze Zeit wieder nach Hause zu fliegen, um den Gesundheitszustand von Rudolph zu checken. Er konnte dann auch die problematischen Fälle in der Kanzlei, die ihn in der Ferne doch sehr beschäftigen, vor Ort klären.

Konsultation beim Herzspezialisten

Schon wenige Tage nach ihrer Ankunft in Berlin ging Rudolph in das kardiologische Zentrum im Klinikum Zehlendorf. Der Herzspezialist Dr. Brettschneider befragte Rudolph sehr ausführlich über seine bisherige Krankengeschichte und führte eine gründliche Untersuchung durch. Danach erfolgten weitere Standardabläufe wie 12-Kanal-EKG, Echokardiogramm, Blutentnahmen und in den nächsten Tagen auch eine Herzkathederdiagnostik. Nach Abschluss der umfangreichen diagnostischen Maßnahmen trafen sich Dr. Brettschneider und Rudolph erneut, um das weitere diagnostische und therapeutische Vorgehen zu besprechen. Dr. Brettschneider sagte zu Rudolph: „Herr Bachmann, Sie klagen seit Ihrem Motorradunfall vor zwei Jahren und einer, wie Sie angaben, beruflichen Stresssituation sehr häufig über Beschwerden wie Müdigkeit, Schwindel und Kreislaufschwäche. Unsere Untersuchungen haben ergeben, dass sich das natürliche Reizleitungssystem Ihres Herzens verändert hat, der Herzschlag ist zu langsam und auch unregelmäßig geworden. Mit anderen Worten ausgedrückt, möchte ich Ihnen sagen, dass die Ursache Ihrer Beschwerden eine Herzrhythmusstörung ist. Es besteht bereits ein sogenanntes chronisches Koronarsyndrom, das wir durch eine alleinige medikamentöse Behandlung langfristig nicht erfolgreich behandeln können. Ich möchte Ihnen daher, zusätzlich zu einer Medikamentenbehandlung, das Einsetzen eines Herzschrittmachers empfehlen. Lieber Herr Bachmann, Sie sind jetzt, wie ich sehe, sehr erschrocken, ich möchte Ihnen sagen, dass sehr viele Menschen so ein Gerät tragen. Mehr als drei Millionen dieser Systeme sind weltweit in Funktion und mehr als 600.000 Systeme werden jährlich neu implantiert." Rudolph war sichtlich berührt von den Mitteilungen Dr. Brettschneiders und wollte zunächst erst einmal wissen, wie so ein Herzschrittmacher denn überhaupt funktioniert. Dr. Brettschneider erklärte darauf: „Der Herzschrittmacher ist ein kleines, batteriebetriebenes Gerät, zwei mal drei Zentimeter groß und drei Millimeter dick, das in den Brustraum implantiert wird. Das Gerät besteht aus einem Teil, in dem die Elektronik enthalten ist, und zum anderen Teil aus Sonden, die in das Herz eingebracht werden. Der Schrittmacher nimmt den eigenen Herzschlag des Patienten wahr und sendet je nach Bedarf des Herzens elektrische Impulse aus. Das Funktionsprinzip des Herzschrittmachers besteht darin, dass er bei einem zu langsamen Herzschlag oder beim Aussetzen des Herzschlages elektrische Impulse abgibt, um das Herz zum Schlagen anzuregen. Er wird also nur aktiv, wenn er Störungen im Herzrhythmus feststellt. Die modernen Herzschrittmacher können sich auf die körperliche Beanspruchung ihres Trägers einstellen und den Herzschlag daran anpassen. Sie speichern Informationen über den Herzrhythmus, die der Arzt bei der Schrittmacherkontrolle abfragen kann. Neue Entwicklungen gehen dahin, dass Schrittmacherdaten auch per Telefon von zu Hause aus an den Arzt weitergeleitet werden können." Der Herzspezialist sprach zu Rudolph weiterhin: „Durch die Wiederherstellung eines ‚normalen' Herzschlages werden die bei Ihnen aufgetretenen Symptome wie Müdigkeit, Schwindel und Kreislaufschwäche gemindert oder ganz aufgehoben, die Lebensqualität steigt ganz erheblich." Im Laufe des weiteren Gesprächs fragte Rudolph Dr. Brettschneider: „Herr Doktor, wie erfolgt denn die Transplantation eines solchen Herzschrittmachers und wie gefährlich ist so ein Eingriff, welche Komplikationen können dabei entstehen?" Dr. Brettschneider sagte zu Rudolph: „Der Schrittmacher wird unterhalb des Schlüsselbeins unter die Haut oder unter einen Muskel eingebracht. Die Schrittmachersonden werden durch die Venen zum Herz geführt. Die Elektrodenspitze wird dann entweder im Vorhof oder in der Herzkammer befestigt. Manche Schrittmachersysteme haben auch zwei Elektroden, die sowohl den Herzvorhof als auch die Herzkammer getrennt mit Impulsen versorgen. Der Eingriff zur Implantation eines Herzschrittmachers ist heutzutage als Routine anzusehen und in den allermeisten Fällen erfolgreich, dennoch sind Komplikationen nicht auszuschließen. Bei der Einpflanzung des Schrittmachers kann es zu Blutungen, Gewebeschäden und Infektionen oder Wundheilungsstörungen sowie Narbenbildungen kommen, auch Allergien oder die Bildung von Blutgerinnseln sind möglich, ebenso wie eine Beschädigung des Herzschrittmachers, ein Verrutschen des Gerätes im Körper oder ein Funktionsausfall." Rudolph wollte weiterhin wissen, wie hoch die Lebensdauer eines Schrittmachers sei. Dr. Brettschneider antwortete: „Herzschrittmacher haben eine Lebensdauer von fünf bis zehn Jahren abhängig davon, wie oft sie Impulse ans Herz geben. Ist die Batterie leer, muss der Schrittmacher ausgewechselt werden. Intakte Elektroden können im Herzen verbleiben. Technische Fehler treten bei modernen Schrittmachern nur selten auf." In seinen weiteren Ausführungen teilte der Doktor mit: „Beruf und Freizeitaktivitäten können in der Regel schon bald wieder aufgenommen werden, die meisten Patienten nehmen den Herzschrittmacher nach einiger Zeit gar nicht mehr wahr. Im Alltag können sich Herzschrittmacherpatienten heute praktisch ohne Einschränkungen bewegen." Rudolph bedankte sich bei Dr. Brettschneider für die ausführlichen Informationen. Er sagte: „Ich werde meine gesundheitliche Situation und die therapeutischen Möglichkeiten, die Sie mir empfohlen haben, mit meiner Frau besprechen und möchte Sie dann in den nächsten Tagen wieder konsultieren, sofern ich mich für eine Herzschrittmacherimplantation entschieden habe." Nach Rücksprache mit Marianne entschloss sich Rudolph kurzfristig für die Implantation eines Herzschrittmachers.

Herzschrittmacherimplantation

Das Einsetzen des Schrittmachers erfolgte bei Rudolph, mit Hilfe eines kleinen Eingriffs, der in der kardiologischen Abteilung des Zehlendorfer Krankenhauses in lokaler Betäubung durchgeführt wurde. Der Arzt legte den Schnitt für die Tasche unter der Haut nur so groß wie nötig an, gerade so, dass der Herzschrittmacher von der Größe einer Zwei-Euro-Münze mit den zwei Elektroden hineinpasste. Danach erfolgte mit wenigen Stichen der Wundverschluss an der Operationsstelle unter dem Schlüsselbein. Das Gerät war nicht mehr zu sehen. Es war in der Hauttasche verschwunden. Nach dem Einsetzen des Schrittmachers erfolgte die Funktionsüberprüfung von außen mit Hilfe eines speziellen Programmiergerätes. Der Arzt sagte zu ihm: „Sie werden Ihr Gerät in der Regel wenig spüren. Etwa zehn Tage nach der Implantation hat sich die Haut normalerweise so weit wiederhergestellt, dass die Fäden gezogen werden können. Sobald die Wunde zugeheilt ist und die Fäden gezogen sind, kann man sich wieder ganz normal waschen oder auch duschen und baden." Komplikationen nach der Implantation des Herzschrittmachers gab es bei Rudolph nicht. Bei der Abschlussuntersuchung, die einen normalen Befund ergab, erläuterte Dr. Brettschneider noch einige Verhaltensregeln. Er sagte zu Rudolph: „Um das einwandfreie Funktionieren eines Herzschrittmachers zu gewährleisten, müssen Herzschrittmacherträger einige Regeln zur Verhinderung von Störbeeinflussungen beachten. Ich gebe Ihnen einen Aufklärungsbogen mit. Lesen Sie sich ihn durch, er soll nicht Angst machen, sondern nur bestimmte Maßnahmen zur Prävention vermitteln. Wenn es bei einem Herzschrittmacher zu Fehlfunktionen kommt, kann dies schwerwiegende Folgen haben. Während in leichten Fällen nur harmloses Herzstolpern auftritt oder die Störung sogar oft gar nicht wahrgenommen wird, kann es den Betroffenen in schweren Fällen schwarz vor Augen werden und Bewusstlosigkeit auftreten. Dr. Brettschneider erläuterte in seiner ruhigen Art ausführlich und einfühlsam eine Vielzahl von Verhaltensmaßnahmen, die Rudolph wissbegierig aufnahm. Dr. Brettschneider sagte: „Es ist außerordentlich wichtig, als Träger eines Herzschrittmachers den Schrittmacherausweis stets bei sich tragen. Die Herzschrittmachermodelle sind im Lauf der Zeit störfester geworden, eine Störbeeinflussung durch in der Umwelt auftretende elektromagnetische Felder lässt sich jedoch auch heute nicht grundsätzlich ausschließen. Kurzzeitige Störbeeinflussungen sind im Alltag häufig zwar nicht vermeidbar, aber gesundheitlich meist ohne Bedeutung. Herzschrittmacherpatienten müssen die Art ihres Herzschrittmachers, seinen Implantationsort und die zu erwartenden Störbeeinflussungs-Symptome kennen. Es ist besonders zu beachten, dass elektrische Impulse oder starke Magnetfelder die Funktion eines Herzschrittmachers stören können. Herzschrittmacher-Träger sollten genau Bescheid wissen, wie viel Abstand zu welchen elektrischen Geräten empfohlen wird, wie viel Abstand man mit einem Herzschrittmacher aus Sicherheitsgründen zu Handys, Küchenherden, Mikrowellen, Waschmaschinen und anderen elektrischen Geräten einhalten soll. Zur Sicherheit wird weiterhin empfohlen, einen Mindestabstand von 15 bis 20 Zentimetern zwischen eingeschaltetem Handy und Herzschrittmacher einzuhalten. In der Praxis lässt sich die Empfehlung meist völlig unkompliziert umsetzen, indem man das Handy zum Telefonieren einfach an das Ohr hält, das dem implantierten Herzschrittmacher-Aggregat gegenüberliegt. Zudem sollte das eingeschaltete Handy nicht in der Hemden- oder Jackentasche getragen werden, die sich in der Nähe des Schrittmachers befindet. Von Haushaltsgeräten zum Schrittmacher sollte ein Mindestabstand von 15 bis 30 Zentimetern eingehalten werden, zum Beispiel zu Herd, Toaster, Waschmaschine oder Spülmaschine.

Störquellen für Herzschrittmacher sind im Alltag vielfältig. Dazu zählen zum Beispiel am Körper getragene Magnete, wie Magnetverschlüsse von Halsketten oder Dessous, wobei besonders im offenen Zustand höhere, wenngleich mit zunehmender Entfernung sehr schnell abnehmende magnetische Gleichfelder auftreten können. Störbeeinflussungen können auch unter Hochspannungsleitungen, bei Diebstahlsicherungsanlagen und Sicherheitsschleusen nicht ausgeschlossen werden." „Das sind ja eine Vielzahl von Störfeldern, die ich im Alltag zu beachten habe", sagte Rudolph, „ich fliege ja sehr häufig nach Teneriffa, was habe ich da im Rahmen des Flugverkehrs besonders zu beachten?" „Bevor Sie am Flughafen durch die Schleuse gehen, sollten Sie dem Sicherheitspersonal Ihren Herzschrittmacher-Ausweis zeigen. So verhindern Sie, dass die Sicherheitsanlage unnötigen Alarm auslöst. Bitten Sie außerdem das Personal, auf das Abtasten mit dem Magnetstab zu verzichten oder den Brustbereich um den Herzschrittmacher auszusparen. Sie werden dann von Hand abgetastet." Rudolph wollte als Nächstes wissen: „Wie erkenne ich die Anzeichen für eine länger andauernde Störbeeinflussung?" Dr. Brettschneider antwortete: „Die Symptome sind meistens an Herzklopfen und Schwindelgefühlen erkennbar. Auch wenn die Anzahl von elektromagnetischen Störquellen im Alltag zunimmt, können Herzschrittmacherpatienten ein unbehindertes Leben führen." Rudolph fühlte sich mit dem Herzschrittmacher gesund und belastungsfähig, verzichtete auf einen Aufenthalt in einer Rehaklinik. Er flog zusammen mit Marianne zurück nach Teneriffa, in ihr Refugium.

Auf Teneriffa vergingen die Wochen wie im Fluge. Marianne und Rudolph gingen mit großer Freude ihren Hobbys nach, sie unternahmen viele Wanderungen in der wundervollen Naturlandschaft und genossen auch die Grillabende mit der geselligen Nachbarschaft. Als sie wieder einmal gemütlich beim Nachmittagskaffee saßen, sagte Rudolph zu Marianne: „Ich merke, dass mich manches Mal hier auf Teneriffa die Probleme der Kanzlei doch immer wieder beschäftigen, ich fühle mich noch immer sehr in die Arbeit involviert, deshalb überlege ich, ob wir nicht jetzt schon dem Hans, der ja wirklich sehr fleißig ist und eine gute und zuverlässige Arbeit leistet, einen Großteil der Kanzleianteile weitergeben." Marianne fand den Vorschlag gut und meinte: „Wir gewinnen dadurch mehr Ruhe und auch mehr Lebensqualität und du musst dich nicht mehr mit so vielen geschäftlichen Gedanken hier auf Teneriffa befassen."

Bei einer zwischenzeitlichen Kurzreise nach Berlin übergab Rudolph den Großteil der Kanzleianteile an seinen Sohn, gebot aber weiterhin über 76 Prozent der Stimmrechte. In Berlin konsultierte er auch noch Dr. Brettschneider, der ihm jetzt auf der Basis seiner durchgeführten diagnostischen Maßnahmen einen guten Gesundheitszustand bescheinigte. Zwei Tage vor dem Rückflug zu Marianne nach Teneriffa saßen Rudolph, Hans und Danika auf der Terrasse beim Kaffee, als plötzlich das Telefon klingelte. Hans ging an den Apparat und erblasste, ein Mitarbeiter der Kanzlei teilte mit, dass Dr. Schlüter ganz plötzlich verstorben war und keiner etwas zu den Todesumständen sagen konnte. Es entstand eine große Betroffenheit, wortlos fuhren Rudolph und Hans zu den Mitarbeitern in die Kanzlei.

Mafioso Antonio Laverde

Etwas abgelegen am Müggelsee lag ein Haus mit einer großen separaten Garage. Von außen deutete nichts auf einen verdächtigen Reichtum hin. In diesem Haus wohnte der Berliner Mafiaboss *Antonio* Laverde, der aus der italienischen Region Trentino vom Gardasee aus nach Deutschland gekommen war. Er war ein kleiner, feingliedriger Mann, der auf seiner Brust das tätowierte Abbild des Brandenburger Tors und den Satz „Ich bin ein Berliner" trug. Der Mafiaboss war 57 Jahre alt, ein schwieriger, dominanter Typ, der keinen Widerspruch duldete, gefühllos und unberechenbar war. Seine Handlungen waren geprägt von geistesklarer Professionalität und Kälte. Wenn es darauf ankam, schreckte er nicht vor Gewalt und Mord zurück. Laverde hatte alles, Macht, Geld und, wenn er wollte, auch Frauen. Man zollte ihm schon aus Angst Respekt. In seinem Haus lebte er alleine, das heißt ohne menschliche Gesellschaft. Seine Frau war ihm weggelaufen und seine drei Söhne, die in Braunschweig lebten, waren zu beschäftigt mit Computer, Fernsehen, iPhone und manch anderem Blödsinn. Sie hatten nur gelegentlich Kontakt zu ihrem Vater, besonders immer dann, wenn es um finanzielle Zuwendungen ging. *Antonio* lebte zusammen mit einer schwarzen, wie ein Panther aussehenden, dreibeinigen Katze, einem Hund, der wie ein Wolf aussah, und einer Drossel. Die dreibeinige Katze schlich ständig um ihn herum. Den Hund hatte er, seit dieser noch ein Welpe war. „Ich habe ihn gut erzogen, er ist ein richtiger Freund und wachsamer Hund", sagte Laverde, wenn sein Umfeld ihn nach der Herkunft dieses Tiers fragte. Die Drossel, *Antonio* nannte sie Emilia, hopste so oft wie möglich auf seiner

Schulter. Sie hatte sich die Flügel gebrochen, es war jetzt alles wieder gut, aber die Dame ließ sich nicht dazu bewegen, wieder in die freie Natur zurückzukehren. „Will sich bedienen lassen, das Weibsstück", sagte er und stellte einen Teller mit Walnusskernen auf den Tisch. Früher hatte er auch noch ein Frettchen gehabt, das aber nur so lange lebte, bis er sich versehentlich auf das Tier setzte. Die Mitglieder der Bande wussten nicht, wo und ob überhaupt ihr Boss in Berlin sein privates Umfeld hatte. Gemeinsame Treffen fanden jedes Mal in unterschiedlichen Unterschlupfen statt, die Antonio kurzfristig festlegte. Die Verteilung operativer Aufträge erfolgte sehr sicher über einen Spezialcode des digitalen Datenaustauschs und auch über das Darknet, dem technisch gesehen komplett verschlüsselten Bereich des Internets. Im Dachgeschoss seines Hauses am Müggelsee installierte *Antonio* eine versteckte Abhörzentrale, die hocheffizient funktionierte. Er hatte dort oft sein Ohr am Polizeifunk und Smartphone. Antonio wartete auf Nachrichten von Informanten, die er jahrelang bestochen hatte: Polizisten, Juristen, Manager der Wirtschaft sowie Ganoven der Unterwelt. Mit ihnen kommunizierte er über einen raffiniert ausgeklügelten Spezialcode. Seinen Wohlstand finanzierte *Antonio* aus unterschiedlichen illegalen Geschäften, die sich auf den Drogenhandel, Schutzgelder, Prostitution und Waffenhandel konzentrierten. Sein Millionenvermögen hatte er längst ins Ausland gebracht und in neue gewinnbringende Projekte investiert. Im Vordergrund seiner kriminellen Machenschaften standen der dubiose Immobilienhandel als ein Mittel der Geldwäsche. *Antonio* hatte Zukunftspläne. Er wollte sich zur Ruhe setzen und in seine italienische Heimat zurückkehren. Seine große Sorge war es, nicht noch auf den letzten Etappen seines bewegten Lebens als Mafiaboss ertappt und eingesperrt zu werden. Er war sehr vorsichtig geworden. Er beobachtete, dass die organisierte Kriminalität heute globaler, flexibler und digitaler als je zuvor geworden war. Die Tätigkeitsfelder hatten sich geändert. Längst waren nicht mehr Drogen und Waffenhandel die lukrativsten Geschäfte. Medikamentenfälschungen, Wirtschafts- und Internetkriminalität waren profitabler und risikofreier für die Täter. *Antonio* passte auf, dass seine organisierten Verbrechen anpassungsfähig blieben. Er konzentrierte seine Projekte jetzt hauptsächlich auf den Immobilienhandel. Um seine kriminellen Geschäfte abwickeln zu können, brauchte er skrupellose Männer mit Spezialwissen. Im Vordergrund standen für ihn dabei Juristen. Experten auf ihrem Gebiet, die sich mit dem deutschen Recht gut auskannten. „Der Jurist macht passend, was nicht passen durfte", sagte *Antonio* zu seinen Mitarbeitern. Die meisten Anwälte waren mehr an Umsatz, Profit interessiert als an Recht und Gerechtigkeit, war seine Meinung. *Antonio* suchte für seine Machenschaften einen Anwalt, der sich zu Kumpanen und Komplizen von Kriminellen machen ließ bzw. den Verlockungen einer kriminellen Mitarbeit nicht widerstehen konnte. Er fand diesen Mann in der Anwaltskanzlei von Rudolph Bachmann. Der seit fast 20 Jahren dort tätige und bisher unbescholtene Rechtsanwalt Dr. Schlüter hatte einen inhaftierten Großbetrüger verteidigt. Dieser war ein starker Mann in einer Mafiabande mit unerhört abgefeimten Geschäften. An dem Prozess nahm *Antonio* als interessierter Zuschauer teil. Dabei beeindruckten ihn die Erkenntnisse aus dem Verteidigermandat von Dr. Schlüter außerordentlich. „Er ist ein hervorragender Verteidiger, der sein Handwerk versteht", dachte *Antonio*. Man merkte, dass er die Grenzen der Strafprozessordnung nicht nur kannte, sondern diese auch auszuloten wusste. Er verzögerte den Strafprozess des Großbetrügers und konnte so dazu beitragen, dass der Vorsitzende sich mit dem Gericht auf bestimmte Abschlüsse einigte, die dem Angeklagten zum Vorteil gereichten. Antonio war schwer beeindruckt, er überlegte, wie er mit diesem Mann Kontakt aufnehmen konnte. Dabei kam ihm ein Zufall zur Hilfe.

Beim Verlassen des Justizgebäudes traf *Antonio* Francesco, einen alten Bekannten aus seinem Heimatdorf in Italien. Francesco hatte in Deutschland Finanzwirtschaft studiert und war seit vielen Jahren bei der Berliner Commerzbank tätig. Hier betreute er auch Dr. Schlüter als Kunden, der immer wieder um neue

Kreditgewährungen bat. Jetzt, im Fall des Großbetrügers, dessen Verteidigungsmandat Dr. Schlüter wahrnahm, wollte sich Francesco über die Leistungsfähigkeit seines Bankkunden Dr. Schlüter einmal vor Ort informieren, *Antonio* und Francesco hatten sich eine lange Zeit nicht mehr gesehen, spontan setzten sie sich auf ein Glas Bier in einer Urberliner Kneipe zusammen. Im Gespräch erfuhr *Antonio*, dass Dr. Schlüter erhebliche finanzielle Probleme hatte, die hauptsächlich in der Rückzahlung bestehender Kredite bestanden und Francesco als Vertreter der Commerzbank weder einen Aufschub der Kreditrückzahlung geschweige denn einen neuen Kredit gewähren konnte. Mit anderen Worten: Dr. Schlüter stand finanziell das Wasser bis zum Halse. Diese Information war für *Antonio* sehr wichtig, er dachte so bei sich: „Das ist der richtige Mann für meine weiteren Geschäfte." In herzlicher Verbundenheit verabschiedeten sich die beiden Italiener, die sich in Berlin wie zu Hause fühlten. Antonio Laverde hatte den Ehrgeiz, alles zu tun, um die Möglichkeiten seiner kriminellen Organisation zu optimieren, er war sehr kreativ, wenn es um Bestechung ging Er hatte einen Blick für Personen, die anfällig das heißt korrupt waren um sich in kriminelle Machenschaften einzulassen. Laverde erkundete, ob einer Schulden hat, gerne zockt oder auf Sex aus war. Nach diesen Recherchen kamen dann seine Angebote zur Mitarbeit. Sollte das nicht auch bei Dr. Schlüter gelingen?

Antonio Laverde in der Anwaltskanzlei

Antonio nahm in der Kanzlei Bachmann Kontakt zu Dr. Schlüter auf. Sein Anliegen bestand darin, ein Wohnhaus zu kaufen und die entsprechenden Kaufdokumente über die Kanzlei abzuwickeln. Dr. Schlüter sagte: „Das ist kein Problem, geben Sie uns die entsprechenden Datensätze und wir realisieren dann den Kauf mit den notwendigen Formalitäten." *Antonio* erwiderte: „Das ist sehr freundlich von Ihnen, aber gestatten Sie bitte, dass ich noch auf ein bestehendes Problem hinweise. Ich suche für diesen Kauf eine vertrauenswürdige Person, die sich aus Gefälligkeit, selbstverständlich gegen ein großzügiges Honorar darauf einlassen würde, Geschäfte für Dritte abzuschließen. Ich möchte in diesem Zusammenhang nicht selbst auftreten. Die vorgeschobene Person müsste im eigenen Namen, aber auf Rechnung des Hintermannes handeln." Dr. Schlüter schwieg eine geraume Zeit, dann sprach er: „Herr Laverde, das ist ein etwas seltsames Anliegen, das Sie da an mich richten, was bestehen denn für Gründe für diesen Geschäftsablauf? Ich werde da etwas misstrauisch, denn die meisten Hintermänner setzen einen sogenannten Strohmann regelmäßig dann ein, wenn er im Rechtsverkehr täuschen will oder auf diesem Wege Rechtsfolgen erreichen will, die er selbst nicht erreichen kann, etwa weil er Tatbestandsmerkmale nicht erfüllt. Ein Strohmann wird unter solchen Aspekten auch dann vorgeschoben, wenn der eigentlich am Geschäft Interessierte dieses nicht selbst wahrnehmen kann, zum Beispiel bei Vorstrafen, fehlender Gewerbeerlaubnis, gesetzlicher Verbote. Was bestehen denn bei Ihnen für Gründe, diesen Hauskauf in einer verdeckten Handlungsweise durchzuführen?" „Lieber Herr Dr. Schlüter, gegen meine Person liegen weder in der Vergangenheit noch in der Gegenwart gesetzliche Voraussetzungen vor, die mir den Kaufabschluss des vorgesehenen Hauses verwehren könnten. Es geht mir in erster Linie darum, dass meine Familienmitglieder nichts von dem Kauf erfahren sollten, um weiteren privaten finanziellen Streitigkeiten aus dem Weg gehen zu können. Ich möchte Sie daher fragen, ob es legal und möglich ist, für mich solch eine Variante zu wählen." In Wirklichkeit bestand *Antonios* Plan darin, über einen Strohmann ein altes Haus für 50.000 Euro zu kaufen, zahlbar mit Geldern, die er im Drogengeschäft gemacht hatte. Ein Jahr später würde er das Haus für 150.000 Euro dann weiter verkaufen. Mit dem Geschäft hätte er das Drogengeld gewaschen. Niemand wusste, dass *Antonio* damit das Rad am Laufen hielt. Es war jetzt legales Geld, das er problemlos in neue Projekte investieren konnte. Dr. Schlüter antwortete etwas verhalten: „Juristisch handelt es sich beim Einsatz eines Strohmannes um einen Sonderfall des treuhänderischen Rechtsgeschäfts. Der Strohmann schließt das Geschäft im Außenverhältnis zwar ab, gibt die Rechtsfolgen jedoch im Innenverhältnis an den Hintermann weiter. Die Einschaltung eines Strohmanns führt auch dann zu einem rechtswirksamen Vertrag, selbst wenn der andere Geschäftspartner die Strohmanneigenschaft kennt, im Klartext heißt das, wie gesagt, der Strohmann schließt einen Vertrag im eigenen Namen, aber auf Rechnung des Hintermanns, dem das Geschäftsergebnis dann zusteht. Herr Laverde, der Einsatz eines Strohmanns ist durchaus eine rechtskonforme Handlung. Als Strohmann kommen sowohl natürliche als auch juristische Personen in Frage." Im Verlaufe des weiteren Gespräches betonte Antonio immer wieder sehr deutlich, dass er gerne ein sehr großzügiges Honorar an Dr. Schlüter bezahlen würde, wenn er ihm bei dem Kauf des Hauses unter Berücksichtigung der genannten Umstände helfen würde. Schlüter antwortete, er werde sich diesen besonderen Sachverhalt noch einmal überlegen und nach Zusendung und Überprüfung der Ankaufsunterlagen ihm dann mitteilen, inwieweit er helfen könne. Laverde war sich sicher, dass es ihm gelingen würde, Dr. Schlüter zu einem Deal zu überreden. Schlüter sah in *Antonio* Laverde zunächst einen soliden Geschäftsmann, der ihm auch bei der Lösung seiner Finanzprobleme durch Kreditvermittlungen behilflich war. Erst viel später, nachdem sie schon ein Jahr erfolgreich zusammengearbeitet hatten, erkannte Dr. Schlüter, dass er sich mit manchen Handlungen im Auftrag von Laverde schon im Grenzbereich zur kriminellen Tätigkeit befand. Aber Schlüter konnte den Verlockungen sich auch auf mögliche kriminelle Machenschaften einzulassen, nicht widerstehen. Er ließ sich von dem Gangsterboss *Antonio* Laverde immer mehr vereinnahmen. Er fertigte zweifelhafte Gutachten, setzte Schriftstücke für zweifelhafte Firmengründungen auf, segnete Gründungsdokumente ab. Schlüter eröffnete Konten für zahlreiche Strohmannfirmen, nahm Wertpapier- und Firmenbilanzfälschungen vor. Schlüter wurde damit beauftragt, schwarze Kassen anzulegen und Schmiergelder zu verteilen, wie es zur Geschäftswelt gehörte. Jetzt mochten die Banken ihn wieder und gaben ihm neue Kredite. Die Zusammenarbeit mit *Antonio* Laverde verschaffte ihm Schuldenfreiheit und die Möglichkeit für seine Wettabschlüsse auf der Rennbahn in Hoppegarten, die bei ihm schon zu einer schweren Sucht geworden waren. Je länger er sich aber auf die zahlreichen kriminellen Handlungen einließ, desto mehr spürte er die Belastung, der er sich leichtsinnigerweise ausgesetzt hatte, die ihm seine ganze Existenz kosten und für seine Familie den Ruin bedeuten konnte. Er sagte immer wieder zu sich: „Lieber ein Ende voller Schrecken als ein Schrecken ohne Ende, ich muss die Kraft aufbringen, aus diesem Teufelskreis wieder herauszukommen." Er bereitete das Ende seiner kriminellen Tätigkeit vor. Er wollte sich gegenüber der Justiz offenbaren und die Transaktionen des Mafioso *Antonio* im Rahmen der organisierten Kriminalität offenlegen, dann konnte auch *Antonio*, sich nicht mehr lange seiner Freiheit erfreuen.

Schlüters Geduld wurde auf eine harte Probe gestellt, bis endlich der letzte Mitarbeiter die Kanzlei Bachmann verlassen hatte. Sicherheitshalber wartete Schlüter noch ein paar Minuten, um seine Anwesenheit in der Kanzlei nicht zu verraten. Dann löschte er das Deckenlicht, das von draußen auf der Straße gut zu sehen war. Es brannte nur die Schreibtischlampe, die aber genügend Licht spendete. Als er sicher sein konnte, endlich alleine zu sein, nahm er eine Mappe mit Papieren, sortierte vertrauliche Unterlagen. Alle Dokumente waren peinlich genau geordnet. Er fand schnell, was er suchte, es waren Kaufverträge dubioser Immobiliengeschäfte, Unterlagen über einen Anlagenbetrug sowie Transaktionen, die *Antonio* über die Kanzlei Bachmann mit Schlüters Vermittlung unerkannt realisiert hatte. Im Büro schredderte er einige Akten und warf das Material in den Papierkorb. Er verließ das Büro nicht ohne vorher die entwendeten Unterlagen, die er kopiert hatte, wieder zu verwahren. Dann fuhr er nach Hause. „Hallo, mein Schatz", begrüßte Frau Schlüter ihren Mann und musterte ihn verwundert. Ganz im Gegensatz zu sonst ließ er jede Dynamik vermissen. „Was ist denn mit dir passiert? Du siehst gar nicht gut aus." Er gab seiner Frau einen flüchtigen Kuss auf die Wange, setzte sich im Wohnzimmer in den Sessel. Er sah seine Frau genau an. Er betrachtete ihr langes blondes Haar, ihr vertrautes Gesicht mit den strahlenden Augen, die ihn so verzaubern konnten. „Weißt du, in der Kanzlei machen mir einige Prozesse große Sorgen", gestand er seufzend. „Aber ich möchte dich nicht damit belasten. Ich bekomme die Probleme schon in den Griff." Frau Schlüter hegte keinen weiteren Argwohn. Sie sagte zu ihrem Mann: „Weißt du, wir sollten uns einfach wieder einmal entspannen und als Familie etwas Schönes unternehmen." Dr. Schlüter antwortete: „Das ist eine gute Idee, was hältst du denn davon, wenn wir am Sonntag zusammen mit den Kindern wieder einen Ausflug zur Pferderennbahn nach Hoppegarten unternehmen?" „Damit bin ich einverstanden und freue mich sehr darauf" antwortete Frau Schlüter.

Antonios Rache

Neuerdings fiel *Antonio* die zurückhaltende Verhaltensweise von Schlüter ihm gegenüber auf, die Übernahme von neuen Aufträgen erfolgte zögerlich und misstrauisch. Es kamen immer wieder lästige Nachfragen, die Antonio stutzig machten. Zudem stellte er fest, dass Schlüter einen Missbrauch mit den ihm anvertrauten Schmiergeldkassen trieb. Bei der Commerzbank, wo Schlüter inzwischen wieder ein gern gesehener Kunde war, äußerte er sich in einem Beratergespräch mit Francesco sehr negativ über den Geschäftsmann Antonio Laverde, was Francesco natürlich sofort seinem Landsmann mitteilte. Viele seiner Informanten äußerten sich ebenfalls negativ und teilten *Antonio* mit, dass die Zusammenarbeit mit Schlüter unzuverlässig geworden sei. Auch das Auftreten als offizieller Strafverteidiger der Kanzlei Bachmann bereitete *Antonio* Sorgen. Schlüter hatte vor kurzem einen Kronzeugen in einem Prozess gegen die Drogenmafia mit einer übertriebenen Schärfe verteidigt, die klar zu erkennen gab, dass hier seine großen emotionalen Probleme gegen die Mafia mit einflossen. Insgesamt gesehen kam Antonio zu der Feststellung, dass Schlüter keiner mehr von ihnen war, nicht mehr mitmachen wollte und möglicherweise auspackte, um sich auf Kosten von Antonio Laverde wieder reinzuwaschen. Damit war er unberechenbar geworden. *Antonio* sah jetzt in Schlüter eine große Gefahr für seine kriminelle Organisation und auch für sich selber, denn Schlüter hatte genug Wissen, mit dem er vor Gericht beweisen konnte, dass Antonio der Mafiaboss einer kriminellen Bande war, die über Jahre hinweg in Berlin zahlreiche Straftaten begangen hatte. Das würde zur sofortigen Festnahme und Verurteilung von *Antonio* führen. Es gab für ihn jetzt nur zwei Möglichkeiten, das Problem zu lösen. Er musste Schlüter beseitigen oder alle Zelte abbrechen und ins Ausland fliehen. Antonio agierte unberechenbar, in seiner Gedankenwelt entstand eine maßlose Wut auf Schlüter, in der er auch nicht mehr vor einem Mord zurückschreckte. *Antonio* suchte einen Gewalttäter aus der organisierten Kriminalität. Einen Mann, dem man einen Auftragsmord in diskreter Durchführung bei guter Bezahlung zutrauen würde. Seine bisherigen Methoden der Bestrafung waren immer sehr raffiniert und intelligent durchdacht gewesen, so dass man ihm bisher trotz seiner kriminellen Aktivitäten keine Straffälligkeiten nachweisen konnte. Laverde suchte und fand den Auftragsmörder. Es durfte kein Mann aus seiner kriminellen Organisation sein, denn dann hätte dieser den Mafiaboss in der Hand und könnte ihn erpressen. Aus Berliner Mafiakreisen erfuhr *Antonio* von einem Türsteher einer Kiezkneipe auf der Fischerinsel, der, wie einigen Ganoven bekannt war, eigentlich für die Mafia mit unterschiedlichen Sonderaufträgen arbeitete. Laverde suchte die Kiezkneipe auf, wo er auch den Türsteher Yuri antraf, dessen wahrer Name und wahre Herkunft unbekannt waren. Antonio sprach Yuri vor dem Kneipeneingang direkt an und fragte lächelnd, ob er zufällig jemanden kennen würde, der einen Auftragsmord für ihn durchführen würde. Der Türsteher war über diese Frage überrascht, aber offensichtlich war er der Richtige. Er musterte Antonio von oben bis unten und nach kurzem Zögern gab Yuri ihm eine Handynummer. Am nächsten Tag sollte Antonio diese Nummer wählen, damit sie ein Treffen vereinbaren könnten, um dann noch einmal über das erwähnte Problem zu sprechen. Am Nachmittag des nächsten Tages trafen sich die beiden Männer in einem Tempelhofer Restaurant, dort begannen sie sehr schnell ein vertrauliches Gespräch. Antonio trieb seinen Mordplan konsequent voran. Er sagte zu Yuri: „Du bist für mich ein vertrauenswürdiger Mensch und du kannst auch mir vertrauen. Ich glaube, wir beide kommen zu unserm gegenseitigen Vorteil ins Geschäft." Er gab ihm ein Foto von Dr. Schlüter, erwähnte einen möglichen Zeitpunkt des Auftragsmords und den

Tatort, die Pferderennbahn in Hoppegarten, da hier ja ein großer Personenverkehr bestand. Der Auftragskiller Yuri war in der Berliner Unterwelt gut verdrahtet. Hatte bereits eine umfangreiche kriminelle Karriere mit hoher Professionalität hinter sich, bei der er kaum Fehler gemacht und wenig Spuren hinterlassen hatte. Er war ein skrupelloser, gefühlskalter Mensch, der keine Gewissensbisse kannte. Er saß bereits im Gefängnis, scherte sich nicht um Fragen nach Recht und Moral. Er trat auf, um zu töten und wieder zu verschwinden. An Antonio stellte er keine großen Fragen, sondern sprach mit ihm lediglich über seine Killerprämie. Er sagte zu Antonio: „Der Job kostet 25.000 Euro, davon bekomme ich die Hälfte als Anzahlung und den Rest nach Auftragserledigung."

Sonntagnachmittag
auf der Rennbahn Hoppegarten

Die Galopprennbahn Hoppegarten in Berlins Osten kann auf eine lange Tradition zurückblicken. Die Rennstrecke befindet sich auf einem Anbaugebiet für Hopfen aus der Zeit des preußischen Königs Friedrich Wilhelm I. Am 17. Mai 1868 erfolgte hier in Anwesenheit König Wilhelms I. und des Reichskanzlers Otto von Bismarck das erste offizielle Rennen. Heute ist die Rennbahn Schauplatz internationaler Pferderennen und ein beliebtes Ausflugsziel. Elf Renntage im Jahr locken viele Berliner regelmäßig vor die Tore der Stadt auf die grüne Wiese. Dr. Schlüter war schon von Jugend an ein begeisterter Pferdefreund und Pferderennsportanhänger. Er war Mitglied im renommierten Rennclub Hoppegarten und bekannt mit Spitzenjockeys, Trainern und Pferdebesitzern. Die Mitglieder tragen sportlich-elegante Kleidung, die Herren Jackett und Krawatte, die Damen Hut. Es war ein sehr heißer Sommertag, ein Sonntag, an dem Dr. Schlüter mit seiner Familie einen Ausflug nach Hoppegarten unternahm. Bereits am Vortage buchte er im Online-Ticket-Shop die Karten für seine Frau und die beiden Kinder Niclas und Sofie. Kinder in Begleitung der Eltern hatten an den Renntagen freien Eintritt. Sie fuhren bequem mit der S-Bahn nach Hoppegarten, um dort einen schönen Tag auf dem Rennplatz zu erleben, wo man essen, trinken, Freunde treffen und mit Kindern auf einem Spielplatz spielen kann. Dem Freizeitvergnügen auf der Rennbahn sind fast keine Grenzen gesetzt und das ganze Drumherum mit allen seinen Facetten, wo sich viele interessante und uninteressante Menschen an einem Ort begegneten, bot das Gefühl, eine andere Welt zu betreten, in der man auch wirklich abschalten konnte. Und da waren ja noch die Pferde selbst in ihrer ganzen Schönheit, mit ihrer Anmut und Kraft. Dr. Schlüter ging mit seiner Familie zuerst zum Führring, einem der wichtigsten Orte der Rennbahn. „Hier können wir uns", sagte er zu seinen Kindern, „die am Rennen teilnehmenden Pferde anschauen, begutachten und einen Favoriten für den Wettschein auswählen. Schaut einmal in das Veranstaltungsheft, aus dem können wir noch mehr Infos zum Gewicht des Reiters, Besitzer, Geschlecht des Pferdes und anderen Dingen entnehmen. Wir werden jetzt alles hautnah erleben. Das Satteln der Pferde, die Jockeys, Trainer und Besitzer. Die Pferde werden dem Publikum im Schritt vorgeführt. Man kann alles beobachten: Schwitzt das Pferd? Glänzt das Haar? Sind die Ohren gespitzt?" Das war natürlich etwas, das auch den Kindern Spaß machte, Niclas und Sofie zeigten ihr Interesse und fragten sich gegenseitig: „Findest du den Fuchs schön oder den Rappen? Auf wen wollen wir setzen?" Schlüter bezog die Meinung seiner Kinder mit ein in die Beurteilung und Auswahl eines siegreichen Favoriten. Schlüter meinte: „Die Pferde sind unglaublich hektisch, wirken nervös und gestresst. Die Jockeys müssen gut aufpassen, dass die Pferde nicht ausbrechen." Schlüter sagte: „Wenn man den Pferden in die Augen schaut, dann sieht man, dass sie sich nicht wohlfühlen." „Also Kinder", sprach Schlüter, „sucht den Favoriten aus." Es entstand eine lebhafte Familienunterhaltung, die allen viel Spaß machte. Schlüter war in seinem Element, er meinte in einem leicht belehrendem Ton: „Du kannst dir deinen persönlichen Favoriten aussuchen, entweder mit dem Glückslos aus dem Bauchgefühl heraus oder indem du auf Grund von Recherchen auch über konkrete Ahnungen verfügst. Zuhören macht Spaß, aber die eigene Meinung sollte man immer auch beim Wetten behalten. Hoffentlich setzt ihr auf das richtige Pferd. Entweder auf Sieg oder Platz. letzterem reicht es, wenn dein Pferd zu den drei schnellsten Tieren gehört.". Es verging eine lange Zeit, bis sich die Familie auf einen Favoriten für einen Sieg geeinigt hatte und ihren gemeinsamen Wetteinsatz notierte. Frau Schlüter sagte abschließend zu den Kindern und ihrem Mann: „Nehmt die Sache doch nicht so ernst, es geht doch nicht um das Rennen alleine. Es geht ja auch um die ganze Atmosphäre vorher und nachher, die auch sehr spannend sein wird." Bevor sich Schlüter auf dem Weg zum Wettbüro machte, ging er mit seiner Familie noch zum Aufgalopp der Pferde. Der Aufgalopp dient zum Aufwärmen der Tiere und zur Einstimmung der Zuschauer auf das Rennen. Sie sahen, wie die Pferde in ruhigem Tempo an der Tribüne bis hin zur Startmaschine liefen. Die Kinder wollten die ersten Rennen aber nicht sehen, für die sie ja auch keinen Tipp abgegeben hatten, sondern zunächst lieber auf die Spielwiese der Rennbahn gehen, wo bereits ein emsiges Treiben herrschte, Schlüter sagte: „Ok, wie ihr wollt, dann geht ihr zur Spielwiese und ich zum Wettbüro. Danach komme ich wieder zu euch zurück."

Schlüter ging in bester Laune zum Wettbüro. Neben dem Wettschein der Familie hatte er heimlich weitere Scheine ausgefüllt, die er im Wettbüro in einen Systemrechner geben wollte, um damit noch komplizierte Varianten zu berechnen. Danach, so hatte er es sich vorgenommen, würde er einen hohen Betrag auf die von ihm gewählten Pferde setzen. Immer wieder fieberte er voller Spannung auf eine Gewinnsumme. Gleich nach einem Rennen eilte er ins Wettbüro, wo die Quotenschlüssel bzw. Auszahlungsschlüssel ausgehängt wurden. Mit vollem Eifer studierte er jedes Mal die auszuzahlenden Gewinnsummen, die durch eine Quote bestimmt wurden, die der Buchmacher festlegte. Sie gab auch die Gewinn-Marge des Wettunternehmens wieder. Das Wetten auf ein bestimmtes Pferd faszinierte Schlüter immer wieder. Das Tippen war bei ihm bereits zu einer Sucht ausgeartet, der viele Menschen schon seit der Antike verfallen waren. Schlüter sagte zu seinen Rennclubfreunden, die er oft auf der Rennbahn traf: „Pferdewetten sind für mich das Salz in der Suppe." Die Freunde lachten dann und sagten: „Das hört sich nicht schlecht an, aber achte bitte bei deinen Wetten darauf, nur so viel an Barem einzusetzen, wie du mit einem Lächeln im Gesicht verlieren kannst." Schlüter dachte: „Das ist gut gemeint, aber leichter gesagt als getan." Schlüter stellte sich vor dem Wettbüro an, in die lange Reihe der Pferderennwetter. Hinter Ihm stand ein gutgekleideter Mann mit elegantem Hut auf dem Kopf. In der rechten Hand hielt er einen schwarzen Flanierstock mit einem Silberknopf. Immer wieder wedelte der Mann sich mit einem bunten Taschentuch frische Luft zu, es war schwül und heiß, bei Sommertemperaturen von 34 Grad. Die Reihe kam nur schleppend voran. Plötzlich entstand ein Tumult, als der Mann der hinter Dr. Schlüter in der Reihe stand, Kreislaufprobleme bekam, er schwankte und sank zu Boden. Bei dem Fall stieß er mit seinem Flanierstock gegen das linke Bein von Dr. Schlüter. Bereits nach einem kurzen Moment erholte sich der Mann wieder, erhob sich und entschuldigte sich bei Schlüter für sein Malheur und die Karambolage mit seinem Stock. Schlüter sah das ganz gelassen und lächelte. Er stutzte aber, als er nach dem Einlösen der Wettscheine und auf dem Weg zur Spielwiese der Kinder noch immer Schmerzen in seinem linken Bein verspürte. Wenige Stunden später, als die Familie auf der Tribüne der Rennbahn Platz genommen hatte, um das spannende Rennen ihrer Favoriten zu erleben, fiel Frau Schlüter das schlechte Aussehen ihres Mannes auf. Dr. Schlüter sagte: „Ich weiß auch nicht, was mit mir ist, ich fühle mich unwohl, mir ist so, als ob ich mich übergeben müsste. Dabei habe ich doch nur die zwei Kugeln des Vanilleeises gegessen." Nachdem er etwas aus der mitgebrachten Wasserflasche getrunken hatte, fühlte er sich wieder besser und alle verfolgten das spannende Pferderennen, das für sie eine Enttäuschung brachte, denn keiner ihrer Favoriten erzielte einen Gewinn. Es waren mehr als sieben Stunden, die sie an diesem Sonntag auf der Pferderennbahn in Hoppegarten mit zahlreichen Erlebnissen und viel Freude verbrachten, so dass sie auch froh waren, als sie wieder zu Hause ankamen.

Bereits in den frühen Morgenstunden weckte Dr. Schlüter seine Frau. Er klagte über Fieber, Muskel – und Bauchschmerzen. Zudem bemerkte er auch einen sehr hohen Pulsschlag und Schwindelgefühl. Frau Schlüter benachrichtigte sofort den Notarzt, der Schlüter wegen Herzrhythmusstörungen bei Verdacht auf Herzinfarkt in die Klinik einwies. Das klinische Bild nahm einen sehr raschen Verlauf. Nach wenigen Stunden verstarb Dr. Schlüter. Den Ärzten erschien dieser Todesfall in seinem akuten klinischen Ablauf außergewöhnlich, so dass sie eine Obduktion veranlassten. Sie ergab ein Multiorganversagen, besonders im Bereich von Niere und Leber, die roten Blutkörperchen waren zerstört und auch die Zellen des Verdauungstraktes waren in Mitleidenschaft gezogen. Alles das hatte zum plötzlichen Tod von Dr. Schlüter geführt. Die Ursachen blieben zunächst jedoch unklar. Besonderes Augenmerk richteten die Pathologen auf eine Injektionsstelle am Unterschenkel des linken Beines, die sie sich nicht erklären konnten, auch eine Hautschuppe im Bereich der Einstichstelle, die bei der Obduktion sichergestellt wurde und nicht von der Leiche stammte, gab Rätsel auf. Handelte es sich hier womöglich um eine besondere Art einer Vergiftung? Der erhobene Befundkomplex sprach sehr für eine Vergiftung. „Wir haben es hier ganz eindeutig mit einem Tötungsdelikt zu tun. Wir müssen die Kriminalpolizei verständigen und die Forensiker unserer rechtsmedizinischen Abteilung zur weiteren Begutachtung hinzuziehen sagte der leitende Pathologe. Unter dem Verdacht eines Giftmordes wurden zahlreiche Blut- und Gewebeproben der Leiche entnommen und mit ausgefeilten Nachweismethoden der Hochdruck-Flüssigkeitschromatografie sowie mit Massenspektrometern auf bestimmte Substanzen untersucht. Es konnten dabei künstlich hergestellte Medikamente ebenso erkannt werden wie Gifte aus der Natur. Bei Schlüter wurde Rizin nachgewiesen und errechnet, wie viel von dem Gift zum Zeitpunkt des Todes in seinem Körper wirksam war. Es konnte mit großer Sicherheit festgestellt werden, dass der Tod von Dr. Schlüter in Folge einer Rizinintoxikation eingetreten war. Durch die Einwirkung von Rizin wurden Zellen des Verdauungstraktes in Mitleidenschaft gezogen (Magen, Darm, Leber, Nieren) und die roten Blutkörperchen zerstört. Der Tod trat durch ein Multiorganversagen mit einer Lähmung des Atemzentrums etwa 34 Stunden nach der Vergiftung ein. In der Kriminalliteratur sind Arsen, Zyankali oder Polonium die bekanntesten Mittel der Mörder. Rizin gilt als ein perfektes Mittel für einen Giftmord. Es ist leicht erhältlich. Weltweit sollen pro Jahr mehr als eine Million Rizinus-Samen verarbeitet werden. Bereits geringste Mengen können innerhalb von 34 bis 48 Stunden zum Tod führen.

Bachmann und Hauptkommissar Reinke

Über den Tod von Dr. Schlüter waren Rudolph Bachmann und alle Mitarbeiter der Kanzlei entsetzt. Sie konnten es kaum glauben. Schlüter hatte sich in der Kanzlei und bei den Mandanten sehr schnell einen guten Namen gemacht, galt als ein humorvoller, intelligenter und anständiger Kerl, der sich privat dem Pferdesporthobby gewidmet hatte und häufig auch zusammen mit seiner Familie auf der Pferderennbahn in Hoppegarten anzutreffen gewesen war. Er lebte in einer heilen Familie. Im Gedenken an Dr. Schlüter und seiner Familie rief Bachmann alle Kanzleimitarbeiter zusammen, um über seinen Tod zu sprechen und auch zu überlegen, wie man der Familie jetzt hilfreich zur Seite stehen konnte. Kurz nach der Besprechung klingelte bei Bachmann das Telefon. Es meldete sich Hauptkommissar Fritz Reinke und bat um eine Besprechung in der Anwaltskanzlei. Sie vereinbarten einen kurzfristigen Termin. Als der Hauptkommissar und Bachmann sich in der Kanzlei begrüßten, mussten beide herzlich lachen, denn es stellte sich heraus, dass sie sich als alte Hertha-BSC-Fans von Fußballspielen des Vereins kannten. Beide besaßen eine Dauerkarte für dicht beieinanderliegende Sitzplätze im Block H in der Westkurve des Olympiastadions, von wo aus sie am Wochenende sehr oft miteinander für die Mannschaft bangten. Beide Männer nahmen im Chefbüro Platz. Kommissar Reinke begann ein ernstes Gespräch mit Bachmann. Er sagte zu ihm: „Herr Bachmann, wir müssen Ihnen mitteilen, dass Dr. Schlüter ermordet wurde und Ihr Mitarbeiter mit einer Bande der organisierten Kriminalität hier in Berlin zusammengearbeitet hat. In diesem Zusammenhang sind einige Geschäfte auch über ihre

Kanzlei abgelaufen. Wussten Sie etwas davon? Hat Dr. Schlüter sich Ihnen gegenüber offenbart? Bei ihm zu Hause fanden wir Dokumente mit Informationen über seine kriminellen Handlungen, die unerkannt über Ihre Kanzlei gelaufen sind. Er verfasste ein dickes Dossier über die kriminelle Organisation Laverde, die offenbar sowohl bei legalen als auch illegalen Geschäften mit anderen kriminellen Clans in Berlin zusammenarbeitete. Obwohl die Beweislage für uns noch ziemlich diffus ist, gewinnen wir bei unseren Ermittlungen den Eindruck, dass Schlüter diese Informationen an die Polizei geben wollte und vorhatte, seine kriminelle Tätigkeit wieder zu beenden." Bachmann war über die Mitteilungen des Kommissars zum Tötungsdeliktes und der kriminellen Tätigkeit seines Mitarbeiters schockiert, er wurde leichenblass. Was der Hauptkommissar Fritz Reinke ihm da erzählte, mochte er kaum glauben. Zu Reinke sagte er nach kurzer Pause: „Herr Reinke, ich muss mit großem Erschrecken feststellen, dass ich von diesen Geschehnissen nichts weiß. Dass so etwas passiert ist, haut mich um. Dass eine Verbindung zur Mafia besteht, ist mir wirklich nicht bekannt. Wenn man sich das Leben und die Einstellung unseres langjährigen Mitarbeiters anschaut, erscheint es für mich unvorstellbar, dass Schlüter, der noch eine so große Zukunft vor sich hatte, so etwas machen konnte. Er war nicht irgendein Mitarbeiter unserer Kanzlei, sondern ein renommierter und erfolgreicher Mitarbeiter im Strafrecht. Er war in verschiedener Hinsicht außergewöhnlich. Warum hat er seinen Ruf verspielt und so viel riskiert? Wir haben bei ihm nie die Solidität seiner Tätigkeit hinterfragt. Es ist für uns absurd, auch nur zu vermuten, dass er selbst in kriminelle Machenschaften verwickelt sein könnte. Ja, auch Anwälte machen Fehler, die häufig durch fehlende persönliche Interaktionen entstehen. Bei der Aufarbeitung solcher Fehler haben wir in der Kanzlei auch schon festgestellt, dass wir in unserem Team nicht genug miteinander reden, sondern fast ausschließlich per Computer kommunizieren. Schriftsätze oder andere Dokumente tauschen wir nur noch im Änderungsmodus aus. Jeder traut jedem. Dabei fallen wesentliche Dinge nicht auf, die in einem persönlichen Gespräch schnell geklärt oder hervorgehoben worden wären. In Zukunft werden wir uns wieder vorwiegend mündlich zwischen den Fachexperten der Kanzlei austauschen Unstimmigkeiten fallen dann sofort auf." Bachmann machte sich Vorwürfe, er sagte zu Reinke: „Jetzt haben wir die Quittung. Selbstverständlich sehen wir uns veranlasst zur sofortigen Aufarbeitung aller kriminellen Vorgänge, in die möglicherweise meine Kanzlei verwickelt sein könnte. Sie erhalten meine volle Unterstützung bei Ihren Ermittlungen, soweit es uns möglich ist. Alle Vorgänge werden mit vollem Einsatz aller meiner Mitarbeiter aufgearbeitet und bewertet." Reinke sagte: „Das ist auch unbedingt notwendig. Denn in vieler Hinsicht sind wir mit unseren Ermittlungen noch nicht weitergekommen. Wir wissen nicht, wie die Mordtat im Einzelnen abgelaufen ist. Wer die Hintermänner sind und wer der Mörder ist." Bachmann schaute den Kommissar an und sprach zu ihm: „Sagen Sie mir doch bitte die Wahrheit. Was ist denn das Motiv, das Schlüter in die Kriminalität führte? Er musste doch als hoch intelligenter Rechtsanwalt wissen, dass er die Unterstützung einer kriminellen Vereinigung schwer büßen muss." Reinke antwortete: „Wir wissen, dass Schlüter ein riesiges Schuldenprobleme hatte, insbesondere waren es Spielschulden infolge von verlorenen Pferdewetten und eine Menge Steuerschulden beim Finanzamt. Es muss angesichts der nicht unerheblichen Überschuldungen eine Leere in seiner Persönlichkeit verspürt haben, aus der er keinen Ausweg sah. Herr Bachmann, ich muss Ihnen noch einmal sagen, aus unseren bisherigen Ermittlungen geht eindeutig hervor, dass Dr. Schlüter ein Schwindler war, der im Auftrag der Mafia Anlagenbetrug und andere kriminelle Delikte in großem Stil betrieb.

Ich arbeite schon lange als Ermittler und ich weiß, dass manchmal irgendwelche Dinge passieren und wir Situationen nicht immer unter Kontrolle haben., Ich kann gut verstehen, dass Menschen außer sich geraten, Angst bekommen, wütend werden und dann tun sie etwas, was später nicht mehr so recht nachvollziehbar ist. Für uns ist es oft sehr schwer, das Wesen der organisierten Kriminalität zu erkennen. Die Leute im Hintergrund setzen alles daran, dass Einblicke verhindert werden. Es ist ein bisschen wie der Eisberg: Du weißt, dass es da ist, dass da unter der Oberfläche großes kriminelles Potential ist, aber du erkennst nur die Spitze, wenn überhaupt. Über eines muss man sich ständig im Klaren sein: Es gibt keine Möglichkeit, sie zu zerschlagen, Sie können immer mal wieder eine herausragende Figur verurteilen, da wächst aber immer wieder jemand nach der sie ersetzt. „Ja, auch wir als Strafverteidiger haben unsere Probleme. In Berlin sind laut Rechtsanwaltskammer 14.000 Rechtsanwälte zugelassen. Fast 3000 davon haben sich als Fachanwälte spezialisiert. Sie sitzen in den Gerichtsverhandlungen Sozialhilfeempfängern gegenüber, die sich die besten Verteidiger leisten können. Da treten hervorragende Verteidiger auf, die ihr Handwerk verstehen, die die Grenzen der Strafprozessordnung nicht nur kennen, sondern auch auszuloten wissen. Die Strafprozesse verzögern oder durch die Länge der Verfahren dazu beitragen, dass Vorsitzende sich vor Gerichten auf bestimmte Abschlüsse einigen, die dem Angeklagten zum Vorteil gereichen. Bei Strafgefangenen werden sie Unterschiede finden zwischen denen, die sich keine teuren Anwälte leisten können, und denen, die mit finanzieller Stärke hervorragende Verteidiger engagieren, die bessere Bedingungen für sie erreichen können Auch wir sehen dabei, wie die Mafia es immer wieder versucht auch hier Einflussnahmen auszuüben, die wir bisher zum Glück verhindern konnten. Nach diesen Gesprächen fragte Dr. Bachmann: „Herr Hauptkommissar Reinke, gibt es noch etwas, was Sie wissen wollen?" „Nein im Moment nicht, aber wir sollten weiterhin im Kontakt bleiben."

Ermittlungen von Hauptkommissar Reinke

Um das Leben des Opfers genau unter die Lupe zu nehmen und um ein Spurenbild zu erstellen, für das er plausible Erklärungsansätze suchte, ging Hauptkommissar Reinke bei seinen Ermittlungen als Erstes zur Familie Schlüter nach Hause. Hilfreich war bei diesen Ermittlungen die im Wohnhaus von Dr. Schlüter sichergestellte Dokumentationsmappe, die Schlüter für seine vorgesehene Offenbarung bei der Polizei verwenden wollte. Im Rahmen weiterer Ermittlungen erfolgten Funkzellenauswertungen von Handydaten, die aussagten, dass Schlüter regelmäßig mit dem berüchtigten Mafiaboss Antonio Laverde in Kontakt stand, mit dem er sich telefonisch über illegale Tätigkeiten wie Schmiergelder Manipulationen, Lösegeldforderungen und Erpressung sehr eindeutig austauschte. Der Kommissar bekam damit einige unwiderlegbare Beweise über die kriminelle Arbeitsweise von Dr. Schlüter und seine Kontakte zu Laverde Zu seinem Ermittlerteam sagte er: „Wir kennen jetzt einige Strukturen der kriminellen Bande, aber nicht die führenden Personen und deren, Vorgehensweisen mit denen sie sich strafbar machten. Außerdem müssen wir herausfinden, wie der Giftmord an Schlüter im Einzelnen zustande kam, wer der Mörder ist, was das Tatmotiv gewesen ist." Kommissar Reinke sagte: „Als Nächstes sollten wir uns mit dem Umfeld des Opfers auf der Pferderennbahn in Hoppegarten befassen. Vielleicht finden wir auch dort noch weitere Ansatzpunkte, die uns weiterhelfen. Kommissar Schulz, fahren Sie doch bitte nach Hoppegarten und erkundigen sich, ob man sich möglicherweise dort an Schlüter erinnert, der ja oft auf der Rennbahn zu sehen und auch Mitglied des Rennsportclubs war.

Zudem müssen wir uns noch einmal in der Klinik nach weiteren Ergebnissen der Laboranalytik erkundigen, vielleicht bringt uns das im Hinblick auf Tathergang und Täter weiter."

Am nächsten Morgen fuhr Kommissar Schulz nach Hoppegarten und ging direkt zum Büro für Pferdewetten. Er hatte Glück, der Wettbüroleiter war anwesend und bearbeitete gerade die Buchhaltung zu den in den letzten 14 Tagen eingegangenen Wettgewinnen. Er war überrascht vom Besuch der Kriminalpolizei, denn Hoppegarten ist ja an sich kein kriminalitätsbelasteter Ort. Kommissar Schulz kam gleich zur Sache. „Kennen sie das Mitglied des Pferderennclubs Hoppegarten Dr. Schlüter?"; fragte er. Herr Bertram, der Wettbüroleiter, antwortete: „Ja, selbstverständlich. Ich kenne den Mann persönlich. Er schließt bei mir regelmäßig Wetten ab, das ist bei ihm schon eine Sucht. Mir würde es sofort auffallen, wenn er sich bei wichtigen Wetten nicht bei mir meldet." „Wann haben sie ihn denn das letzte Mal gesehen?" „Das war vor 14 Tagen an einem Sonntag. Er sagte mir, dass er mit der ganzen Familie auf dem Rennplatz ist. Ich habe ihm vor seinem Wettabschluss noch den Systemrechner zur Verfügung gestellt, den er eifrig bediente."

„Ist Ihnen an dem Sonntag auf dem Rennbahngelände irgendetwas aufgefallen?" Herr Bertram dachte einen Augenblick nach, dann sagte er: „Ja, wenn Sie so fragen, ich kann mich erinnern. Es kam am Sonntag vor 14 Tagen, an dem Hoppegarten bei dem schönen Wetter überdurchschnittlich stark besucht war, vor meinem Wettbüro zu einer langen Tippschlange, in der ich schon von weitem übrigens auch Dr. Schlüter erkannte. Als ich zu ihm hinschaute, bemerkte ich hinter ihm einen Tumult. Ein etwas flatterhafter Mann fiel, wie ich später erfuhr, wegen einer Kreislaufschwäche zu Boden und rempelte dabei auch Dr. Schlüter an, der daraufhin gleichfalls ins Wanken geriet." Kommissar Schulz wurde hellhörig. „Kannten Sie diesen Mann als Kunden Ihres Wettbüros?" „Nein, ich sah ihn das erste Mal, wurde aber auf ihn besonders aufmerksam, weil er mit einem sehr schönen Flanierstock ausgestattet war, den er auch sehr elegant zum Einsatz brachte. Diesem Mann begegnete ich einige Stunden später wieder, als er seinen erzielten Wettgewinn bei mir abholen wollte. Dabei sprach ich ihn wegen des schönen Flanierstocks an und sagte ihm, dass mein Vater den Gehstock in gleicher Ausführung, allerdings in brauner Farbe, besitzt. Wir kamen daraufhin ins Fachsimpeln. ‚Der elegante Flanierstock hat einen Greyhound-Silbergriff aus solidem Zinn und lackiertem Holz', sagte der Mann. ‚Alle diese Produkte werden hergestellt, indem das Metall mit Formguss in einer künstlerischen Gießerei mit langjähriger Erfahrung in der Verarbeitung von Zinn und Silber bearbeitet wird." Ich antwortete ihm: „Ja, genau das hat mir mein Vater auch gesagt und erklärt, dass es sich bei den Stöcken um Buchenholz handelt, die auf der Drehbank mit Zweikomponentenlack lackiert werden. Danach erfolgt noch eine Oberflächenbehandlung mit transparentem Harz, um dem Holz Glanz und Schutz zu geben." Wir sprachen noch über den Shop Made in Italia, der sich in Berlin befindet und in dem die Stöcke erworben wurden. Dann sagte ich zu ihm: „Wenn ich mir ihren Stock so genau betrachte, ist er doch nicht ganz konform mit dem meines Vaters. Ich sehe am unteren Ende des Stockes eine kleine Kugel mit einer Spitze befestigt. Das ist für mich eine Besonderheit, die bei dem Stock meines Vaters nicht zu sehen ist. Welche Bewandtnis hat diese Konstruktion?" Der Mann grinste ein wenig und sagte: „Das soll, um sich von den anderen Stöcken abzugrenzen, eine Verzierung darstellen. Ich benutze sie spaßeshalber, um damit Blätter und am Boden liegendes, weggeworfenes Papier aufzuspießen. Das ist so eine Marotte von mir, insbesondere dann, wenn ich meinen Flanierstock elegant vor Publikum zum Einsatz bringe." Bertram berichtete dem Kommissar weiter: „Wir hatten das Gespräch gerade beendet, als der Mann einen Anruf über sein Handy erhielt. Ich hörte ihn russisch sprechen. Dabei blickte er missmutig auf den Wettbürotisch und suchte einen leeren Zettel, den er offenbar beschriften wollte. Ich war gerade damit beschäftigt, den Wettgewinn für ihn auf den Bürotisch bereitzustellen, als ich sah, wie der Mann seinen Wettgewinnschein nahm und darauf eine Zahl mit einem roten Stift notierte, danach schaltete er sein Handy aus. Ich sagte ihm, dass sein Wettgewinnschein ein Dokument sei, das er nicht so einfach beschriften kann. Ich reichte ihm einen Notizblockzettel, auf den er dann die auf dem Wettschein bereits notierte Zahl übertrug, auf dem Wettschein die Zahl durchstrich, sie unleserlich machte." Kommissar Schulz hatte den Ausführungen von Bertram sehr genau zugehört und sich für die ausführlichen Informationen bedankt. Jetzt wollte er aber noch wissen, ob er den Mann wiedererkennen würde und ob er bereit sei, ein Phantombild erstellen zu lassen. Schulz brauchte für die Ermittlungen noch weitere Hilfe von Bertram, er sagte zu ihm: „Es ist für uns sehr wichtig, an die abgegebenen Wettgewinnschein heranzukommen. Sehen Sie da für uns eine Möglichkeit?" Bertram wiegte den Kopf und überlegte. „Eigentlich müssen wir an den Wettgewinnschein herankommen. Wir haben die Wettgewinnscheine über spezielle Zählmaschinen dokumentiert und haben dafür eine lange Dokumentationspflicht, die auch für die Abrechnung zwischen Buchmachern und Veranstaltern von Bedeutung sind. Die Wettscheine tragen aber keine Namen oder Adressen." Schulz überlegte und sagte dann zu Bertram: „Lieber Herr Bertram, Sie erwähnten doch, dass der Mann den Wettgewinnschein mit einem roten Schrift mit einer Zahl kennzeichnete, die er dann, nachdem Sie ihm den Notizblockzettel gaben, wieder löschte. Da muss es doch möglich sein, diesen rot markierten Wettgewinnschein beim Durchlauf ihrer Zählmaschinen zu erfassen." „Sie haben recht das sollten wir versuchen. Ich benötige dafür aber etwas Zeit, werde mich kurzfristig bei Ihnen im Landeskriminalamt melden, wo wir dann auch das Phantombild anfertigen können." Im Anschluss an die Befragung des Wettbüroleiters befragte Kommissar Schulz noch einige Mitarbeiter des Pferderennsportclubs, die aber keine sachdienlichen Hinweise geben konnten. Kommissar Schulz erließ zur Spurensuche auf der Pferderennbahn Hoppegarten einen Aufruf mit der Bitte um Mithilfe bei der Suche nach einem Mann, der an dem Sonntag vor 14 Tagen mit einem Flanierstock in der Schlange vor dem Wettbüro gesehen wurde und dort einen Kreislaufkollaps bekam.

Täterermittlungen

Dem Kommissar gelang es in Teamarbeit mit seinen Ermittlern, nach und nach das ganze Netzwerk zu entflechten und sie schafften es, die Mitglieder der Bande zu identifizieren. Die Spur führte zu Antonio Laverde. Die Ermittlungen mündeten in der Erkenntnis, dass Laverde sich durch Schlüter bedroht und verraten fühlte. Es bestand auch kein Zweifel, dass er gegenüber Schlüter einen absoluten Vernichtungswillen entwickelte. Es musste für ihn eine Bilanztat sein, bei der er sich möglichst nicht die Finger schmutzig machte. Er plante die Tat bewusst und beschaffte sich durch einen Auftragsmord den passenden Rahmen dafür. Was hatten bis jetzt die Maßnahmen zur Täterermittlung ergeben? Hauptkommissar Reinke sagte: „Wir wissen, dass als Todesursache von einer Rizinvergiftung auszugehen ist, die eindeutig über eine Injektion in den Unterschenkel des Opfers erfolgte. Aufgrund der vorliegenden Ermittlungen könnte man den Tathergang in seinem Ablauf folgendermaßen vermuten: Der flatterhafte Mann mit russischen Sprachkenntnissen hat sich in der Wettschlange hinter Schlüter eingereiht, einen Kreislaufzusammenbruch vorgetäuscht und beim Fallen mit dem Flanierstock gezielt durch einen Anschlag an den linken Unterschenkel von Schlüter das Gift injiziert. Diese Hypothese erscheint sehr wahrscheinlich, denn bereits einige Stunden danach klagte Schlüter, der bisher kerngesund gewesen war, über die ersten gesundheitlichen Beschwerden. Zum Beweis fehlt uns immer noch die Tatwaffe, also der besagte Flanierstock. Es ist zu vermuten, dass in der am Stock angebrachten Kapsel, die in Verbindung mit einer kleinen Injektionskanüle stand, sich das Gift befand, das dann über eine Injektion dem Opfer verabreicht wurde." Hauptkommissar Reinke fragte nach weiteren bisher ermittelten Daten. Kommissar Schulz berichtete: „Der Aufruf zur Täterermittlung in Hoppegarten brachte kein Ergebnis. Proben von dem Wettgewinnschein des unbekannten Mannes in Hoppegarten und von einer Schuppe, die die Pathologen bei der Obduktion am Unterschenkel des Opfers sichergestellt haben, wurden auf DNA untersucht und mit Daten des Bundeskriminalamtes verglichen. Beide Proben ergaben eine übereinstimmende Datenanalyse. Es handelt sich um einen ausländischen Intensivtäter, der der Polizei bekannt und Mitglied eines Berliner Mafiaclans ist. Der in der Bundesdatenbank erfasste Mann hatte früher bereits einige Verbrechen verübt und im Gefängnis gesessen. Das Polizeifoto lässt eine auffällige Übereinstimmung zum Phantombild erkennen. Aber wer ist der Mann und wo finden wir ihn? Ob sich Auftragsmörder und Täter bereits kannten oder ob es sich um eine zufällige Begegnung handelte, können wir nicht sagen." Der Hauptkommissar bemerkte in seiner sachlichen Art: „Das Letztere ist jetzt nicht so wichtig. Auf Grund der Ermittlungsergebnisse müssen wir unsere ganze Kraft auf eine Zielfahndung nach dem Täter richten."

Als Yuri merkte, dass ein Polizeieinsatzkommando vor dem Haus, in dem seine Wohnung war, noch nicht ganz, die Umgebung abgesperrt hatte, versuchte er, sich davonzuschleichen. Mit einem Eimer in der Hand, in dem sich eine geladene Pistole befand, floh der Killer auf die Straße, sprang in einen schwarzen Renault Clio, der etwas abseits an der Ecke stand, und brauste davon. Das rasch davongefahrene Auto mit Yuri am Steuer wurde gerade noch erkannt. Die Polizei nahm die Verfolgung auf und konnte den Killer zwei Straßen weiter stoppen. Als er aus dem Wagen ausstieg, griff Yuri nach seiner schussbereiten Waffe. Ein Polizeibeamter schlug ihm blitzartig die Waffe aus der Hand, überwältigte ihn und nahm ihn fest. In der Wohnung des Täters fand die Polizei einige Utensilien, mit denen er den Giftmord vorbereitet hatte, sie sicherten den im Kleiderschrank versteckten Flanierstock. Vor Gericht sagte Yuri aus, er habe im Internet Rizinsamen bestellt und daraus das Rizin hergestellt. Der schwarze Flanierstock wies seitlich im Bereich der unteren Spitze eine Kugel auf, die mit einer Injektionsnadel versehen war. Die Kugel hatte er mit dem Gift gefüllt, das er dann bei seinem vorgetäuschten Kreislaufkollaps in den Unterschenkel des Opfers injizierte. Der Prozess brachte weitere bizarre Details zur Arbeit des Auftragskillers ans Tageslicht. Yuri gestand, dass im Fall Dr. Schlüter Antonio Laverde der Auftragsgeber und Anwerber des Killermörders gewesen war. Yuri wurde wegen des heimtückischen Giftmordes mit dem Flanierstock an Dr. Schlüter und vorausgegangener weiterer nachgewiesener Verbrechen zu einer lebenslangen Haftstrafe verurteilt. Auch für Antonio Laverde wurde es ungemütlich. Er stand im Visier der Ermittler, immer häufiger kamen Nachfragen zu seiner Person. Er spürte, dass seine Zeit in Berlin vorbei war. Seine Nerven lagen blank. Der sonst so Kaltblütige geriet in Panik. In der letzten Woche hatte er seine kriminelle Organisation kurzfristig und schweren Herzens an einen befreundeten Mafioso übergeben, der einem bekannten Familienclan in Berlin angehörte. In großer Hektik war er damit beschäftigt, sich abzusetzen, gemeinsam mit einem windigen Geschäftspartner, der aber nichts von seiner Bilanztat wusste. Zielfahnder des Berliner Kriminalamtes orteten das Haus von Antonio Laverde am Müggelsee, wo sie ihn beim Packen wichtiger Wertgegenstände für eine geplante Flucht vorfanden. Widerstandslos wurde er festgenommen. Die Staatsanwaltschaft erließ einen Haftbefehl. Der Mafioso Antonio Laverde wurde wegen massiver Verbrechen mit einer von ihm gegründeten Bande der organisierten Kriminalität sowie Beihilfe zum heimtückischen Mord an Dr. Schlüter angeklagt und für schuldig befunden. Es erfolgte die Verurteilung zu einer langjährigen Haftstrafe.

Rechtsanwalt Bachmann las in der Berliner Morgenpost über den Prozessverlauf und das Strafurteil gegen Antonio Laverde und Yuri. Eine Seite weiter entdeckte er eine Mitteilung aus dem Vatikan, die unter der Rubrik „Neue Nachrichten aus aller Welt" veröffentlicht wurde. Mitteilung aus dem Vatikan: „Papst exkommuniziert Mafiosi! Papst Franziskus verbannt die Mafiosi aus der katholischen Kirche. Er sagte, „die Mafia verkörpere die Anbetung des Bösen und die Verachtung des Gemeinwesens. Jene, die in ihrem Leben dem Pfad des Bösen in solch einer Form folgen, wie es die Mafiosi tun, seien exkommuniziert."

Unfall auf Teneriffa

Marianne und Rudolph hatten einen Tagesausflug in die Stadt nach Santa Cruz geplant. Sie wollten einkaufen und einige Sehenswürdigkeiten besichtigen. Nach kurzer Fahrt erreichten sie die Autobahn, auf der wenig Verkehr war. Ein tonnenschwerer Sattelzug-LKW, der kleine Seecontainer geladen hatte, fuhr vor ihnen im gemächlichen Tempo. Plötzlich geriet, durch einen geplatzten Hinterradreifen, das Fahrzeug außer Kontrolle und prallte gegen die rechtsseitige Leitplanke. Der LKW überschlug sich, kippte um, dabei zerquetschte das Fahrzeug Teile des hinterhergefahrenen SUV-Golf, in dem Marianne und Rudolph saßen. Marianne, die am Steuer des Autos saß, war sofort tot. Rudolph erlitt ein Schädel-Hirn-Trauma und war eingeklemmt in dem zertrümmerten Wagen. Polizisten und Rettungskräfte, die als Erste am Einsatzort waren, schauten auf die Situation und nach weiteren Unfallopfern. Ein weiterer in den Unfall verwickelter Mann erlitt einen komplizierten Beinbruch. Der Mann war mit seinem Motorrad unterwegs gewesen und gegen den umgekippten LKW geprallt. Der 45-jährige LKW-Fahrer hatte eine Gehirnerschütterung und befand sich in einer Schocksituation. Die Unfallopfer wurden vor Ort medizinisch versorgt und in das Traumazentrum des nächsten Krankenhauses gebracht, das mit einem hochmodernen Schockraum auf Schwerverletzte eingestellt war. Der Verkehr kam auf der wichtigen Nord-Süd-Achse komplett zum Stehen. Der Autobahnabschnitt auf der TF1 wurde gesperrt. Polizei, Feuerwehr und ein Bergungstrupp benötigen mehrere Stunden, um den Unfallhergang zu rekonstruieren sowie die Autobahn schließlich zu räumen und wieder freizugeben. Die Feuerwehr beseitigte die Ölspuren. Die Guardia Civil leitete Ermittlungen ein. Die Beamten gingen derzeit von einem tragischen Unfall aus. Dennoch sollte geklärt werden, ob der Lastwagenfahrer eine Mitschuld trug, beispielsweise durch zu stark abgenutzte Reifen oder eine Überladung des Fahrzeuges. Nachdem Rudolph das Bewusstsein wiedererlangt hatte und das Schädel-Hirn-Trauma sich zunehmend besserte, erfuhr er vom Tod seiner Frau. Er fiel in ein tiefes Loch. Seine Nerven lagen blank. Es plagten ihn Alpträume und psychische Probleme. Und auch seine Herzrhythmusstörungen bereiteten ihm, trotz Schrittmacher, wieder Probleme. Er sagte: „Sie hatte doch ihr Leben fest in der Hand. Bis es ihr jemand nahm." Für ihn war es unfassbar, dass sein zukünftiges Leben von sofort auf jetzt so einen Einschnitt erreicht hatte. Er fühlte nichts mehr, keine Freude nur Trauer, alles war für ihn sinnlos geworden. Er hat nur noch einen Gedanken: schnell nach Hause. Hans Bachmann kümmerte sich von Berlin aus um die komplette Organisation eines Sargtransportes per Flugzeug von Teneriffa nach Berlin. Es war ein aufwendiger Prozess, zahlreiche zoll- und transportrechtliche Formalitäten mussten geklärt werden. Die von Hans beauftragten Überführungsspezialisten übernahmen die sichere und schnelle Überführung der Verstorbenen nach Berlin, wo sie nach kurzer Zeit bestattet wurde.

Zehn Monate waren vergangen seit ihrem Tod, und da war keine Stunde, in der Rudolph ihr Fehlen nicht gespürt hatte. Rudolph selbst war anders geworden, still und in sich gekehrt. Jeder Tag erschien ihm eintönig und grau. „Ich werde für den Rest meines Lebens unter dem Tod von Marianne leiden", dachte er. Rudolph hatte die Zehlendorfer Familienvilla Hans und Danika überlassen und war nach Potsdam in die Berliner Vorstadt an den Jungfernsee gezogen. Er war geflohen, auch vor der Fülle der Großstadt, die ihm keine Freude mehr bereitete. „Es tut immer noch weh, wenn ich an Marianne zurückdenke. Wir waren ein glückliches Paar, wir hatten ein gutes Leben", sagte er.

Rudolph in Potsdam

Mitten in der Woche kam Rudolph nach Potsdam ins Museum Barberini, um die dort gezeigte Picasso Ausstellung mit der Ansammlung hochkarätiger Leihgaben zu besuchen. Er nahm sich viel Zeit für die Bewunderung der späten Werke des Meisters, die sich insbesondere mit Motiven seiner schönen Frau Jaqueline befassten. Es beeindruckten ihn besonders die zwei ausgestellten Bilder der schlafenden Frau, die mit wenigen Federstrichen ein meisterliches Porträt darstellten. Rudolph schätzte sehr das Intime, das Zarte in diesen Bildern. Er interessierte sich seit seiner Jugend für die großen Maler und besuchte schon seit vielen Jahren die bedeutendsten Kunstausstellungen. Nach einigen Stunden verließ Rudolph die Ausstellung und schlenderte durch die Stadt, um ein Café aufzusuchen. Diese Stadt war so vielfältig. Es gab immer etwas zu sehen und zu erleben. Straßen, in denen hektischer Trubel herrschte. Areale, in denen es beschaulich war und es sich herrlich entspannen ließ. Die alten Fachwerkhäuser, die der alten Stadt etwas Romantisches gaben. Konzertsäle, in denen purer Genuss geboten wurde, überall traf man auf nette, lächelnde Leute. Es machte einfach Spaß, hier zu leben. Potsdam war klasse.

Im Zentrum der Stadt fand er ein Café, das gut besucht war, in Fensternähe setzte er sich an einen kleinen Tisch und bestellte einen Cappuccino, zusammen mit einem Stück von der angebotenen Schwarzwälder Kirschtorte. Nebenbei begann er, in einer der Potsdamer Tageszeitungen zu blättern. Dabei entdeckte er die Ankündigung des Sommerfestes vom Literarischen Colloquium am Großen Wannsee mit Buchmesse und Lesungen. Rudolph beschloss spontan, zu diesem Fest zu gehen, denn nach dem Tod von Marianne hatte er begriffen, dass trotz dieses schweren Schicksalsschlages das Leben weiterging und er wieder auf die Beine kommen musste.

Sommerfest des Literarischen Colloquiums

Rudolph freute sich auf diesen Sommertag am Wannsee. Als er dort eintraf stellte er fest, die dunklen Wolken hatten sich am Himmel verzogen, kein Regen, aber auch kein richtiges Badewetter, das einen ablenken könnte. Es waren ideale Voraussetzungen für den Besuch dieses Festes. Es schmeckte nach Orange, Liegestühle standen bereit, die Markise über den Buchständen im Garten war ausgefahren. Ein großer Sommermarkt, in entspannter Atmosphäre. 50 Verlage fanden die Gelegenheit, auf dem Büchermarkt des idyllischen Gartengeländes des Literarischen Colloquiums ihre neuen Romane vorzustellen. Sie hatten ihre Stände bestückt mit den besten Sorten und überraschendsten Geschmacksrichtungen der aktuellen Literatursaison. Für den Abend war Musik angesagt. Es gab eine große Tombola, die bereits im Garten vorbereitet wurde. Zu den zahlreichen Preisen gehörten auch fünf Plätze für die am Abend eingerichtete Autoren-Tafel, wo man Gelegenheit hatte, beim Abendessen mit den Prominenten ins Gespräch zu kommen. Zahlreiche Literaturfreunde nutzten die Gelegenheit, sich aus erster Hand zu informieren. Bis zum Abend wurde eine Besucherzahl von fast 1000 Personen gezählt. Rudolph spazierte durch den Sommergarten, erwarb an einen der Stände ein Los der Tombola und besorgt sich einen Becher Coffee to go. Er entschied sich unter den vielen angebotenen Autorenlesungen zur Anhörung einer Lesung von Jessica Bühler, die aus ihrem neuen bisher unveröffentlichten Roman aktuelle Zeilen vorlesen würde. Die Autorin betrat pünktlich um 16 Uhr den Verlagsstand und setzte sich an den Lesungstisch. Sie war eine schlanke hübsche und attraktive Frau, die alle Blicke auf sich zog. Sie trug ein strahlendblaues Sommerkleid, das ihrem warmen Teint sehr schmeichelte. War makellos frisiert und geschminkt. Ihre dichten Haare waren glänzend, von einem hübschen dunklen Rotbraun. Sie trug einen modernen Fassonschnitt, den sie bei Bedarf nur kurz durchbürsten musste. „Wie alt mag diese sympathische Frau sein?", fragte sich Rudolph Bachmann. Jessica begann ihre Lesung mit den einleitenden Worten: „Das Leben ist eine Reise, vollgefüllt mit Erlebnissen, kleinen und großen Abenteuern. Wir erledigen, haken ab, tackten ein, planen, organisieren und meistens haben wir viel zu viel Eile und viel zu wenig Zeit füreinander. Die Hektik des Alltags hinter sich zu lassen ist von großer Bedeutung. Es gibt viele Orte und Erlebnisse, um gemeinsam anzukommen, das sind die Inhalte meines neuen Romans, die ich Ihnen in meiner Lesung in einigen Auszügen vortragen möchte." Rudolph war von der angenehmen Stimme und den einführenden Worten der Autorin begeistert. Und überlegte bereits schon während der Lesung, wie er mit dieser Frau in Kontakt kommen konnte. „Gibt es eine Podiumsdiskussion mit ihr oder einen Buchverkauf?", fragte er sich. Dabei fiel ihm ein, dass der Roman erst im Herbst auf dem Markt erscheinen würde. Gedankenversunken schlenderte er durch den Garten, hin zu der Tombolaverlosung. Zur Vorbereitung wurden die Gewinne mit Aufklebenummern versehen. Zog der Tombolateilnehmer eine Nummer, bekam er den passenden Preis gleich übergeben. Die Tombola dauerte dann so lange an, bis alle Gewinne verlost waren Die Losanzahl war der Größe der Veranstaltung und der Anzahl an Gästen angepasst. Dadurch konnte das Vergnügen nicht schon zu Beginn des Events enden, möglichst viele Gäste hatten die Chance, ein Los zu erwerben. Darüber hatte sich der Veranstalter natürlich auch über die Anzahl von Gewinnlosen und Nieten in der Los-Box Gedanken gemacht. Das Mischungsverhältnis der Lose – Gewinn oder Niete – hing dabei von mehreren Faktoren ab. Unter anderem spielte die Qualität der Preise eine wichtige Rolle. Je wertvoller die Gewinne, desto niedriger durften die Gewinnchancen sein. Das heißt, bei hochpreisigen Artikeln konnte die Los-Box mit wesentlich mehr Nieten als Gewinnlosen gefüllt werden. Standen hingegen als Preise billigere Artikel in größerer Stückzahl zur Verfügung, sollte das Mischverhältnis zugunsten des Loskäufers gewählt werden. Neben den fünf Hauptgewinnen – der Teilnahme an der abendlichen Autoren- und Autorinnentafel – wurden Bücher der ausstellenden Verlage, bedruckte Tassen, T-Shirts, Schlüsselbänder und vieles mehr zur Verfügung gestellt. Diese Tombola war ein unterhaltsames Highlight des Sommerfestes. Groß und Klein konnten sich über die Preise freuen, und die Zusatzeinnahmen wurden für soziale und karitative Zwecke zur Verfügung gestellt. Erst als Rudolph am Tombolatreffpunkt ankam, öffnete er sein gekauftes Los und war erfreut, dass er keine Niete, sondern eine Nummer gezogen hatte. Jetzt war er aber doch neugierig und ging zum Tisch der Gewinnausgabe, um das Los einzulösen. Als er dem Mitarbeiter sein Los aushändigte, erklang schlagartig eine Glocke, die signalisierte, dass Rudolph einen Hauptpreis, nämlich die Teilnahme an der abendlichen Autorentafel gewonnen hatte.

Als Rudolph in den Räumlichkeiten der Autorentafel ankam, war er überrascht von dem schönen, festlichen Ambiente. Die Tafel war in U-Form angeordnet und wies eine beruhigende und schöne Symmetrie auf. Alles war millimetergenau exakt ausgerichtet. Rudolph stellte fest, dass man sich nur auf wenige Gestaltungsmittel beschränkte: dezente Blumendekoration, malerisch gestaltete Menükarte, Geschirr, Gläser, Kerzen, Servietten, thematische Extras und das alles abgestimmt auf eine grüne, für das Auge angenehme ruhige Grundfarbe, die Natürlichkeit symbolisierte. Er setzte sich auf den ihm zugewiesenen Platz. Sein Herz schlug höher, er bemerkte beim Lesen der Tischkarten, dass die Tischdame zu seiner rechten Seite die Buchautorin Jessica Bühler sein würde. Der Präsident des Literarischen Colloquiums eröffnete die Autorentafel. Er hielt gut gelaunt eine kurze Rede mit einer Laudatio auf die Leistungen der erfolgreichen Autorinnen und Autoren, die auf der Bühne noch einmal vorgestellt wurden. Nachdem alle ihre Tischplätze eingenommen hatten, begann der festliche Abend, begleitet von dezenter Musik und kleinen Sketchen von der Bühne. Rudolph wendete sich zur Seite und stellte sich Jessica Bühler vor. Zugleich sagte er, dass er sich sehr freue, sie bei so einer schönen Veranstaltung kennenzulernen. Rudolph war ein guter Unterhalter und bald waren sie in ein angeregtes Gespräch vertieft. Jessica Bühler sagte zu Rudolph: „Ich bin eine freie Autorin. Die Schriftstellerei ist nur ein Teil meiner Freizeitgestaltung. Ich gehe noch einer ordentlichen Arbeit nach. Ich bin von Beruf Wirtschaftsjournalistin und als Chefredakteurin in Berlin sehr beschäftigt. Eine Arbeit, die mir aber auch sehr viel Spaß macht." „Das finde ich sehr interessant", sagte Rudolph, „auch ich habe in meiner Kanzlei viel mit der Wirtschaft zu tun und stelle immer wieder fest, wie viel dort auch schief läuft, aber darf ich Sie fragen, wie Sie denn zur Schriftstellerei gekommen sind?" „Den Weg zum Schreiben habe ich durch Briefe schreiben, Gedichte und kleine Geschichten gefunden. Von meiner Schwester hörte ich immer wieder die Aussage: Wann schreibst du wieder, du kannst das so schön? Dies spornte mich an, meine Geschichten zu veröffentlichen. Und sogar dazu, Romane zu schreiben. Ich liebe das Schreiben und all die wundervollen kleinen und großen Erlebnisse, die ich damit verbinde. Wie kann ich ein Buch zum Leuchten bringen? frage ich mich immer wieder. Das pralle Leben, spannende Geschichten und interessante Begegnungen, das alles passt zwischen zwei Buchdeckel. Mein Erstlingsroman war ein Volltreffer. Die gelungene Mischung aus Spannung, platzierter Situationskomik und geschichtlichem Hintergrundwissen kam unter den Literaturfreunden gut an. Ich schreibe nebenbei auch noch Kurzgeschichten. Als kleine Abwechslung zwischendurch. Feierabendliteratur, bei der niemand überlegen muss, was meint die denn überhaupt damit. Die Resonanz, die ich bisher erlebt habe, hat mich mehr als ermutigt, auf dieser Schiene weiterzufahren. Nun ja, vielleicht ist mein Privatleben dadurch ein wenig öffentlicher geworden. Aber nicht in einem Maße, das es wirklich störend wäre." Rudolph erkundigte sich bei Jessica Bühler auch nach ihren literarischen Vorbildern und was ihr ganz besonders an diesen gefiel. Jessica antwortete: „Es begann vor vielen Jahren mit Agatha Christie. Ihre Art zu schreiben bietet eine ungeheure Spannung, von der ersten bis zur letzten Seite. Ihre Romane sind absolut zeitlos. Ganze Generationen haben sie verschlungen. Welcher Autor möchte sich das nicht zum Vorbild nehmen?" Bewundernd fragte Rudolph weiter: „Wie schaffen Sie denn die Bewältigung Ihrer vielen Aufgaben?" „Ja, das ist eine gute Frage. Ich bin kein Nachtmensch. Alles, was ich tue, muss in einen Rahmen zwischen 7 Uhr morgens und 22 Uhr abends passen. Eine reine Frage der Organisation. Man muss Prioritäten setzen. Ich glaube, es ist mir gelungen, ein ausgewogenes Verhältnis zwischen der Arbeit, die getan werden muss, und der Arbeit, die ich unbedingt tun möchte, zu finden. Auf diese Weise kann ich ein ordentliches Pensum schaffen und manchmal auch noch die Füße hochlegen. Aber seien Sie versichert, für meine Hobbys plane ich ausreichend Zeit ein. Ich unternehme sehr gerne lange Spaziergänge und befasse mich mit Aquarellmalerei. Und, Sie werden lachen, ich sticke ausgesprochen gerne. Nun sagen auch Sie mir, Dr. Bachmann, was Sie so alles treiben." Rudolph sagte zu Jessica: „Ich lese auch sehr gerne und jetzt, wo ich mit meiner Kanzlei etwas kürzer trete, liegen bei mir zu Hause immer irgendwelche Bücher herum. Wenn ich eine Buchhandlung sehe, zieht es mich magisch hinein und ich kann nicht hinausgehen ohne etwas gekauft zu haben. Ich durchforste auch gerne das Internet nach neuen und lesenswerten Büchern. Neulich habe ich bei e-Bay ein schon lange gesuchtes Buch über expressionistische Maler ersteigert. Hier bekommt man oft Literatur, die es im Laden gar nicht mehr gibt und so habe ich immer einen gewissen Vorrat an Lesestoff. Nach dem Tod meiner Frau unternehme ich Spaziergänge, besonders in die Umgebung von Potsdam, die mir viele Anregungen für meine Maler- und Geschichtsstudien bringen. Zudem kümmere ich mich, allerdings mit ein bisschen Abstand, auch noch um meine Anwaltskanzlei in Berlin-Charlottenburg." Rudolph und Jessica sprachen an diesem Abend über viele Themen und Gemeinsamkeiten. Sie verstanden und unterhielten sich prächtig. Zu fortgeschrittener Stunde begannen beide ein sogenanntes Schlagwort- Frage-/Antwort-Spiel, das für beide zu ihrem Erstaunen eine weitgehende Übereinstimmung ergab. Das Ergebnis dokumentierten Sie mit vollem Eifer auf zwei Tischkarten:

Fragen–Antworten

Literatur: eine einsame Insel besuchen und jede Menge guter Bücher mitnehmen
Familie: ein Fels in der Brandung, den man nicht beschädigen darf
Politik: Intrigen, Lügen, Betrügereien, Schwarzgeld, Korruption
Arbeit: ohne sie wäre die Freizeit nur halb so schön
Heimat: Grün, Natur, Geselligkeit, Bodenständigkeit
Speisen: ausgewogene Kost auch unter Berücksichtigung der regionalen Küche
Genussmittel: kein Nikotin, keine Drogen, aber Liebhaber guter Weine
Sport: Wir bemühen uns, regelmäßig aktiver zu werden
Natur: etwas, ohne dass wir nicht leben mögen
Freizeit: Zeit für die wesentlichen Dinge im Leben
Fernsehen: Wiederholungen und Langeweile, aber auch eine aktuelle Informationsquelle

Beide hatten an diesem Abend viel gelacht und irgendwie bekam man den Eindruck, zwischen den beiden hatte es gefunkt. Als Jessica einen zufälligen Blick auf die Uhr warf, erschrak sie zutiefst und sagte zu Rudolph: „Sorry, ich muss los." Zum Schluss fragte er: „Darf ich Sie morgen zu einem Spaziergang durch Sanssouci und zu einem Essen einladen? Ich kann mir keinen besseren Ort vorstellen, um inspiriert zu werden." Jessica zögerte einen Augenblick und sah voll in das Gesicht von Rudolph. Er machte auf sie nach den interessanten Abendgesprächen an der Autorentafel, einen offenen sympathischen Eindruck. Warum sollte sie nicht einmal über ihren Schatten springen und einer Laune nachgeben? Dass dieser Mann eine unterhaltsame Begleitung sein würde, das war gewiss. „Also schön", erklärte sie sich einverstanden. Sie verabredeten sich für den nächsten Tag im Park von Sanssouci. Jessica kehrte todmüde, aber zufrieden mit ihrer Lesung und der Begegnung mit Rudolph in ihre Wohnung zurück. „Ich habe doch eine sehr nette Bekanntschaft gemacht", ging ihr durch den Kopf. Rudolph dachte auf seinem Heimweg: „Was für eine außergewöhnliche Frau ist Jessica Bühler."

Park von Sanssouci

Als sie sich am nächsten Tag trafen, sagte Rudolph zu Jessica spontan: „Wie schön, Sie wiederzusehen." Seine Blicke saugten sich in ihrem Gesicht fest. Ihr Blick traf ihn wie einen Blitz aus heiterem Himmel. „Das finde ich auch", entgegnete sie. Es war erstaunlich, bereits diese Sekunden des Wiedersehens waren erfüllt von einer ganz eigenen Magie, die niemand durchbrechen konnte. Vor den neuen Kammern im Park von Sanssouci bleiben sie stehen und betrachteten die ersten vier von 20 Marmorskulpturen, die neu aufgestellt worden waren. Man hatte sie vor einigen Jahren entfernt, denn Staub und Ruß hatten sie mit einer schwarzen Kruste überzogen. Sie waren in einem beklagenswerten Zustand. Von der Regenrinne tropfte kupferhaltiges Wasser auf die Figuren. Das Kupfer musste aufwendig entfernt, Risse geschlossen und fehlende Teile ergänzt werden, bevor die Skulpturen mit Acrylharz getränkt und auf diese Weise konserviert wurden. Das Ergebnis war erstaunlich. Die Skulpturen erstrahlten in einem Weiß, als wären sie gerade aus dem Carrara-Marmor herausgemeißelt worden. „Friedrich II. war es, der 1749 dem italienischen Grafen Francesco del Medico 20 Figuren abkaufte. Geschaffen wurden sie von unbekannten italienischen Bildhauern, die sie nach antiken Vorlagen geschaffen haben", erklärte Rudolph. „Eine Ausnahme bilden die vier jetzt zu sehenden Skulpturen, die erst vor einigen Wochen aufgestellt wurden. Zwei davon, der Narziss und der Endymion, der einen Schäfer darstellt, stammen von dem dänisch-niederländischen Bildhauer Asmus Frauen. Eine weitere, der Faun, den wir hier sehen, wurde von dem französischen Künstler Francois Gaspard Adam angefertigt. Die Letzte des Quartetts war die Kopie des antiken Apollo mit Leier, die Eduard Stützel Mitte des 19. Jahrhunderts gestaltete, nachdem das Original 1830 an das Königliche Museum in Berlin abgegeben worden war. Finanziert durch Spenden erfolgte der Wiederaufbau. Aber der Markt von Bildhauern, die auch befähigt sind, von nicht mehr restaurierbaren Figuren Kopien anfertigen zu können, ist wie leergefegt. Wenn die Figuren alle wieder vor den Neuen Kammern stehen, dann ist das eine wunderschöne Galerie von Kunstwerken, an denen man gerne vorbeispaziert."

Jessica war stark beeindruckt von der Art und Weise, wie Rudolph auf dem gelehrten Spaziergang durch die Kunst ihr die Götter und Naturdarstellungen so anschaulich erklärte. Erst gingen sie nebeneinander, dann Hand in Hand weiter in Richtung der Schlossterrasse. Sie gelangten zum Grab von Friedrich dem Großen, der hier neben seinen Hunden beigesetzt war. Rudolph duzte plötzlich Jessica und sie widersprach nicht. Er sagte: „Die Beisetzung von Friedrich II. ist auch eine Geschichte für sich. Am oberen Terrassenrand seines Potsdamer Schlosses Sanssouci wollte der König Friedrich II. beerdigt werden, und zwar „ohne Pomp, ohne Prunk und ohne die geringsten Zeremonien". Er wolle, verfügte er in seinem Testament, „der eitlen Neugier des Volkes nicht zur Schau gestellt" und „am dritten Tag" nach seinem Tod „um Mitternacht beigesetzt" werden, „beim Schein einer Laterne und ohne dass mir jemand folgt".

Gegen den Willen Friedrich II. veranlasste sein Nachfolger Wilhelm II, die Beisetzung von Friedrich II neben seinem ungeliebten Vater Friedrich Wilhelm I, in der Gruft der Potsdamer Garnisonskirche. 1945 wurden die beiden Sarkophage zunächst in die Elisabethkirche nach Marburg verbracht und dann 1952 – auf Initiative von Louis Ferdinand von Preußen – in die Kapelle der Burg Hohenzollern. Erst nach der Wiedervereinigung der deutschen Staaten wurde am 17. August 1991 der letzte Wille des großen Königs erfüllt und der Sarg Friedrich II. wieder nach Potsdam überführt, um dort in der bereits zu Lebzeiten Friedrichs vollendeten Gruft neben seinen Hunden am oberen Terrassenrand des Schlosses Sanssouci beerdigt zu werden.

Dennoch wurde der testamentarische Wunsch des Königs bei der Überführung seines Leichnams nach Sanssouci wiederum missachtet. Der König verlangte, nachts nur in kleinstem Gefolge und beim Schein einer Laterne beigesetzt zu werden, das entsprach seinem philosophischen Anspruch, stattdessen gestaltete sich die Beisetzung zu einer Art Staatsbegräbnis.

„Das ist alles wieder sehr informativ, was du mir von der Beisetzung eben erzählt hast, aber schau mal, auf dem Grab liegen Kartoffeln, ist das nicht Grabfrevel?", lächelte Jessica. „Nein, überhaupt nicht", erwiderte Rudolph, „das hat eine besondere Bewandtnis. In Preußen bestand zur Zeit Friedrich des Großen, der von 1712 bis 1786 lebte, eine große Hungersnot. Der König suchte nach einer Lösung dieses Problems. Es kursiert die Saga, dass Friedrich angeblich am Hofe seiner Schwester Wilhelmine von Bayreuth die Kartoffel als Gemüse kennen und schätzen gelernt habe. Er erkannte die Bedeutung der Kartoffel als eine Nahrungsquelle für die preußische Bevölkerung und veranlasste den flächendeckenden Anbau in Preußen. In der Tat gelang ihm auf diese Weise die Sicherstellung der Ernährung seiner Untertanen und Beseitigung der Hungersnot. Nach dem Tod Friedrichs des Großen war jedem in Preußen der Wert der Kartoffel bewusst. Daher belegen Besucher auch heute noch sein Grab mit Kartoffeln. Diese Handlungen werden nicht als Grabfrevel angesehen, sondern als Dank an den großen König."

Jessica war hingerissen von der Führung durch den Park. Sie dachte: „Rudolph ist wirklich ein interessanter, offener Mensch, der ausschmückend und mit ausstrahlenden Gesten erzählen kann." Sie sagte zu ihm: „Ich liebe das historische Flair, ich bin schon ein kleiner Nerd, was Architektur, Geschichte und Schlösser angeht." Auch Rudolph fing an zu schwärmen. „An Sanssouci, der prachtvollen Residenz Friedrichs des Großen, kann ich mich nicht sattsehen. Bei schönem Wetter schwinge ich mich gerne auf den Sattel und genieße den Panoramaradweg vom Pfingstberg über das Schloss Cecilienhof bis zum Park Babelsberg. Im neuen Garten gönne ich mir dann ein kühles Bier von meiner Lieblingsbrauerei der Meierei Potsdam. Oft blicke ich auch auf den Jungfernsee, hier gibt es auch eine Muschelgrotte, die Friedrich Wilhelm II. sehr liebte und wo er mit seinen Gästen Tee trank und speiste. Liebe Jessica, ich muss es dir sagen, diese Sehenswürdigkeiten zu zweit, zusammen mit dir, zu erleben, würde mir viel mehr Spaß machen und eine große Freude sein". Jessica lächelte ein wenig und schwieg. Rudolph sprach weiter: „Liebe Jessica, sage mir bitte, ist dieser Parkspaziergang nicht ein bisschen zu anstrengend für dich geworden? Wollen wir eine Pause machen, es eilt doch nichts." „Nein, es wartet niemand auf mich ich habe den ganzen Tag Zeit und du bist wirklich ein angenehmer Begleiter. Eine Pause ist wirklich eine gute Idee. Das ist sehr schön, ich kenne eine kleine Gastwirtschaft am Rande einer Kleingartenanlage gleich in der Nähe. Dort können wir uns ein wenig ausruhen und weiterplaudern." Mit einem Lächeln auf dem Gesicht gingen sie schweigend nebeneinander her.

Der Ober reichte beiden die Speisekarte. Auf der Karte standen Gerichte wie Sülze mit Remoulade, Bratkartoffeln und Sahnehering, Strammer Max mit Spiegelei, Eisbein, Eintopf. „Das ist hier einfach eine gemütliche Gaststätte", sagte Rudolph. „Hier wird noch Skat gespielt, hier gibt es noch altes rustikales Kneipenleben, es ist ein Ort zum Wohlfühlen."

In der Gastwirtschaft bestellten sie ein Gericht der deutschen Küche, scherzten und lachten ausgelassen. Der Bann war gebrochen. Das spürten sie beide. Aber auch ernste Worte wurden gesprochen. Jessica sagte: „Ich bin es nicht gewohnt, von Männern verwöhnt zu werden. Ich denke gerade an die Verantwortung, die ich habe, wenn ich dich als einen alleinstehenden Mann aus seinem gewohnten Leben reiße. Mein Beruf füllt mich voll und ganz aus, was bedeutet schon Spaß angesichts der Tragik des Lebens? Ein paar flüchtige Momente des Vergessens. sonst nichts."

„Ist das Leben wirklich so eine Last für dich?", fragte Rudolph. „Ich war einmal ein sehr fröhlicher, unbeschwerter Mensch. Das kannst du dir sicher gar nicht vorstellen." „Doch, das kann ich sehr gut, in Erinnerung an die vergnüglichen Stunden, die wir schon gehabt haben. Mein Leben besteht aus Brüchen, Wendungen und Neuanfängen. Leisen wie lauten. Das Leben zeigte mir, dass sich die Dinge selten nach Wunsch entwickeln. Ich empfand immer öfter das Bedürfnis, mir die Haltestellen und Wendepunkte meines Lebens bewusst zu machen. Die magischen Momente, in denen sich entschieden hat, wer ich bin. Wieder Kontakt zu mir selbst aufzunehmen. Den Tunnelblick zu öffnen, mich zu öffnen, berührbarer vom Leben zu werden. Aber der Alltag fegte über diese leisen Sehnsüchte blitzschnell hinweg. Du bist eben die Summe deiner Momente." Versonnen blickten beide vor sich her. Jessica sagte zu ihm: „Rudolph, ich habe einfach noch nicht den richtigen Mann getroffen. Bis vor kurzem steckte ich noch in einer Beziehung zu einem Kollegen, die sich schon nach einigen Wochen als Irrtum erwies. Du verkörperst für mich eine Kombination von Charme, Klugheit, gutem Aussehen und Benehmen, wie ich es bisher noch nicht erlebt habe." Rudolph grübelte so vor sich hin und murmelte: „Frauen denken zu viel, grübeln, Männer schweigen zu oft." Jessica musste lachen und sagte: „Ja, lieber Rudolph, du siehst, das ist alles nicht so einfach." „Jessica, ich möchte zum Ausdruck bringen, dass du eine starke Frau bist, so was wie dich findet man nicht oft in unserer Männerwelt." „Aber doch immer öfter, so hoffe ich doch", antwortete Jessica und lachte. Sie schenkte ihm einen vielsagenden Blick, unter dem Rudolph dahinschmolz wie das Eis in der Sonne. Rudolph hatte viel über Jessica nachgedacht und entdeckte, wie zufrieden ihn schon die erste Begegnung gemacht hatte, so zufrieden, wie er sich schon lange nicht mehr gefühlt hatte. „Ich hatte ganz vergessen, wie gut es tut, wieder zu lachen", erklärte er Jessica. „Seit dem Unfalltod meiner Frau hatte ich nicht mehr so ausgelassene Stunden. Ich bin dir sehr dankbar dafür. Jessica, ich möchte dich nicht mehr verlieren, das weiß ich jetzt schon." Ihrer beiden Augen leuchteten. Während seiner Rede war er ganz ernst geworden. Sie genoss seine Worte, Jessica lief ein siedendheißer Schauer über den Rücken. Sie schenkte ihm einen tiefen Blick, der ihm all die Hoffnung gab, die er brauchte. Er hatte in Jessica einen Menschen gefunden, der ihn verstand. Dieses Schicksal wollte er annehmen, dazu hatte er sich entschlossen. Zum Abschluss ihres mehrgängigen Menüs bestellte Jessica eine kalte Birnensuppe nach einem Rezept aus dem St. Petersburger Kochbuch von 1896 und Rudolph bestellte eine kalte Heidelbeersuppe mit Buttermilch und Nockerln. Es war schon sehr spät geworden, als sie den Rotwein ausgetrunken hatten und das Restaurant verließen. Auf dem Heimweg führte Jessica ein vorwurfvolles Selbstgespräch. „Ach du liebe Zeit, was habe ich da nur angerichtet? Er hat sich tatsächlich in mich verliebt. Das darf doch nicht wahr sein." Aber auch Jessica fühlte sich zu Rudolph hingezogen. Sie stellte zufrieden fest, dass Rudolph ein ungewöhnlich gebildeter Mann war. Auf jedes Thema, das sie anschnitt, um ihn zu prüfen, wusste er eine passende Antwort, eine intelligente Erwiderung. Ein gebildeter Mann, der auch noch humorvoll sein konnte. Jessica dachte: „Ist das wirklich wahr, meint es dieser Mann wirklich ernst?" Auch bei Jessica hatte es gefunkt. Mit dieser Begegnung begann eine verwirrende Zeit, sollte es ein Sommer der Liebe werden?

Wirtschaftsjournalistin Jessica Bühler

Jessica studierte Volkswirtschaft, Germanistik und Geschichte an den Universitäten in Heidelberg und Hamburg. Nach Absolvierung dieses Grundlagenstudiums entschied sie sich noch für ein Fernstudium an der freien Journalistenschule in Berlin. Im Rahmen dieser Spezialisierung lernte sie alles über Kommunikation, von Kommunikationstheorie und Kommunikationsmanagement über Corporate Communication bis zu Public Relations. Jessica erhielt eine solide theoretische Ausbildung in den Bereichen Journalismus, Medien und Öffentlichkeitsarbeit – eine entscheidende Grundlage, um die eigene Arbeit zu reflektieren. Jessica startete ihre Tätigkeit als Wirtschaftsjournalistin in der Wirtschaftsredaktion vom Hamburger Abendblatt. Seit vielen Jahren arbeitet sie in Berlin als Chefredakteurin bei der WimagD GmbH, einem renommierten Wirtschaftsmagazin. Dort gestaltete sie den Wirtschaftsteil des Magazins schon zu einer Zeit, als die Ereignisse in der Wirtschaft ein Umdenken bei den Journalisten auslösten. Im Zuge großer Börsengänge von Volksaktien wie Deutscher Telekom oder Deutscher Post sowie der Neue-Markt-Euphorie war plötzlich auch für viele Wirtschaftslaien ein zunehmendes Interesse auf die journalistische Berichterstattung gerichtet. Dabei galt es für die Journalisten, Komplexes verständlich, Firmenchefs und deren Unternehmen greifbar zu machen. Jessica hatte durch ihre eigenverantwortliche Arbeit als Chefredakteurin einen großen Gestaltungsspielraum. Zu ihren vielfältigen Aufgaben zählten Verbreitung aktueller Nachrichten sowie die Erklärung wirtschaftspolitischer Zusammenhänge rund um das aktuelle Wirtschafts-, Finanz- und Börsengeschehen. Ereignisse und Entwicklungen hinterfragte sie kritisch und ihre Berichterstattung erfolgte meistens aus der Verbraucherperspektive. Sie war überzeugt, dass sich selbst sehr komplizierte Wirtschaftsthemen für jeden Leser – und damit auch für den interessierten Laien – verständlich, spannend und prägnant aufbereiten ließen. In den Mittelpunkt ihrer Artikel rückten die Chefs der Unternehmen und deren Mitarbeiter und nicht mehr die Unternehmen als anonymes Ganzes. Sie recherchierte sehr gründlich und hatte sich ein Netzwerk an Experten und Ansprechpartnern aufgebaut.

Als Abteilungsleiterin arbeitete sie in einem dynamischen Team von Mitarbeitern, die kontaktfreudig und motiviert waren und Jessica als Teamplayerin sehr schätzten. Ihre Abteilung bestand aus vier Mitarbeitern, drei Frauen und einem Mann. Sie bildeten ein gut eingespieltes Team, das sich auf einander verlassen konnte. Sie besuchten Hauptversammlungen, Pressekonferenzen und Veranstaltungen, um dort die Marktstimmung einzufangen und Kontakte zu knüpfen. Gemeinsam kommentierten und analysierten sie die Entwicklung von Unternehmen und deren Aktivitäten. Mit den drei Frauen ihres Teams war sie befreundet, sie unternahmen auch privat viel Gemeinsames. Im Gespräch mit Rudolph wurde sie schon zu Beginn ihres Kennenlernens gefragt: „Ist der Beruf einer Wirtschaftsjournalistin nicht sehr trocken?" Jessica antwortete ihm darauf: „Nein, ganz im Gegenteil. Es sind aufregende Hintergrundberichte, lebendige Reportagen und kritische Köpfe, welche die Branche auszeichnen, die stets in Bewegung ist. Die Ökonomisierung des Alltags ruft tiefgreifende Veränderungen im Rahmen wirtschaftspolitischer Entscheidungen hervor. Folgenschwere Entwicklungen an den wichtigen Kapitalmärkten sowie zukunftsweisende Entscheidungen in Großunternehmen wirken sich auf das Tätigkeitsfeld der Wirtschaftsjournalisten aus und definieren die Schwerpunkte in wirtschaftspolitischen und volkswirtschaftlichen Themen neu. Berichterstattung über Wirtschaftsthemen ist für uns keine leichte Aufgabe. Denn die Komplexität und Geschwindigkeit wirtschaftlicher Prozesse nehmen stetig zu. Sie sind außerdem eng mit Gesellschaft und Politik verwoben. Deutschland wirkt an verschiedenen Stellen nicht mehr wettbewerbsfähig. Die Steuerquote ist zu hoch, die Infrastruktur zu marode, Bildungswesen zu schwach. Zu viele Schwergewichte der deutschen Wirtschaft schlittern gerade Richtung Krise, als hätte in den hermetisch geschlossenen Managerzirkeln niemand gemerkt, dass sich die Zeiten ändern. Für die alles entscheidende Frischzellenkur braucht es vielleicht nicht nur im Weißen Haus ein Amtsenthebungsverfahren. Die deutsche Medienlandschaft zeichnet sich durch ihre Freiheit, Vielfalt und hohe Qualität aus. In Zeiten von Fake News und Hasskommentaren im Netz und insbesondere in den sozialen Netzwerken ist ein kritischer und aufklärender Journalismus wichtiger denn je. Eine Herausforderung für die Zukunft bleibt, dass sich Qualitätsjournalismus auch im digitalen Umfeld frei entfalten kann. Dies gilt gerade für gesellschaftlich relevante journalistische Inhalte, die einen Gegenpunkt zu Fake News setzen können. Unter diesen vielen genannten Aspekten kann die Tätigkeit eines Journalisten auch gefährlich sein, wie es der traurige Fall der Bloggerin Daphne Caruana Galizia zeigte. Die 53-jährige Enthüllungsjournalistin hatte regelmäßig über dubiose Geschäfte der Banken Korruption, Geldwäsche und Vetternwirtschaft in Malta und über Geschäfte mit der Mafia geschrieben, außerdem recherchierte sie zu den Panama Papers. Ihre Reportagen hatten Europa erschüttert und aufgewühlt. Die Enthüllung der Panama Papers hatte einige wohlhabende und einflussreiche Politiker mit Briefkastenfirmen in Steueroasen in Verbindung gebracht. Die Einrichtung solcher Firmen ist an sich nicht illegal, sie können aber für Steuerhinterziehung und Geldwäsche genutzt werden. Die Enthüllungsjournalistin wurde am 16. Oktober 2017 bei einem Bombenanschlag getötet. Sie starb, als eine unter ihrem fahrenden Auto angebrachte Bombe explodierte. Die Verbrecher dieser Mordtat sind bis heute noch nicht zur Verantwortung gezogen. Wir leben in einer Informationsgesellschaft, in der rund um die Uhr Informationen aus jedem Winkel der Welt eintreffen, oft wissen wir nicht, ob die Informationen objektiv oder wahr sind. Vor diesem Hintergrund gewinnt der Qualitätsjournalismus, gleich aus welcher Fachsparte berichtet wird, an Bedeutung. Lieber Rudolph, ich erzähle dir dies alles, damit du siehst, wie interessant und lohnenswert die Tätigkeit einer Wirtschaftsjournalistin sein kann, dass der Wirtschaftsjournalismus eine wichtige öffentliche Aufgabe zu erfüllen hat und eine große Verantwortung für das Funktionieren der Wirtschaft, aber eben auch der Gesellschaft trägt." „Jessica, ich bin sehr beeindruckt und ich freue mich sehr, wie du dich für deinen Beruf begeistern kannst. Nur bei einer solchen Begeisterung füllt einen die Arbeit aus und macht einen Sinn. Auch ich sehe viele Parallelen zu dem, was du gesagt hast. Als Strafverteidiger im Kapitalmarktrecht erlebe ich immer wieder, wie nahe es liegt, dass die Wirtschaft, die nach Profiten und großem Geld strebt, für Kriminalität besonders attraktiv ist. Der kriminelle Filz zwischen Auftraggebern und Ausführenden scheint undurchdringlich. Immerfort wird betrogen und gestohlen. Meine juristische Tätigkeit betrifft das gesamte Spektrum der Ökonomie: Schmiergelder, verschleppte Insolvenzen, Steuerhinterziehungen, Verstöße gegen Handelsgesetze und sonstige Betrügereien.

Aber auch bei einer globalen Denkungsweise zur weltweiten Wirtschaftspolitik werden wir neue Probleme zu erwarten haben. Die deutsche Industrie ist in einer Rezession. Im zweiten Quartal 2019 ist die gesamte deutsche Wirtschaft geschrumpft. Die neue Welt ist eine G2-Welt, die durch den Kampf zwischen China und den USA um technologische und wirtschaftliche Hegemonie geprägt ist, mit Auswirkungen auf Europa. Es droht, in der neuen Bipolarität zerrieben zu werden. Die Kampfansage der Handelspolitik Trumps muss in Europa nun genauso verstanden werden wie die Kampfansage, die sich in dem Ziel der chinesischen Führung ausdrückt, mit der Made-in-China-2025-Strategie in bestimmten Branchen Weltspitze zu werden. Bereits die Seidenstraßeninitiative demonstriert den globalen und wirtschaftlichen Führungsanspruch Chinas. In Bezug auf die Gestaltungspraxis in meiner Kanzlei bin ich sehr froh darüber, dass meine Mitarbeiter und mein Stellvertreter Hans mich so zuverlässig unterstützen, dass ich zunehmend mehr Zeit für das Privatleben, ja, auch glücklicherweise für das Zusammensein mit dir haben werde. Woran arbeitest du denn gegenwärtig so intensiv?", wollte Rudolph wissen. Jessica sagte: „Ich befasse mich gegenwärtig mit verschiedenen Geschehnissen, zum einen mit dubiosen Machenschaften in der Finanzbranche, mit den Opfern mysteriöser Drohungen, zum anderen schreibe ich für das Handelsblatt an einer Kolumne zu aktuellen Enthüllungen auf dem Immobilienmarkt. Dabei geht es insbesondere um eine Immobiliengruppe, die Anleger um ihr Geld brachten. Mit diesen Enthüllungen bin ich in der Presse schon aufgefallen.

Meine Hauptverantwortung liegt gegenwärtig aber darin, das E-Paper des Wirtschaftsmagazins zu gestalten, es aktuell mit Inhalt zu füllen. Die Informationen kannst du dann unkompliziert am Smartphone, Tablet oder Computer lesen. Alle zwei Monate erscheint eine neue Ausgabe. In sechs Ausgaben pro Jahr erstellt unser Magazin Trends, News und herausragende Wirtschafts- und Finanzberichte.

Wer über Aktuelles und Relevantes im Bereich Wirtschaftsjournalismus auf dem Laufenden bleiben will, liest unser Magazin gerne als E-Paper." Rudolph meinte: „Deine Tätigkeit muss wirklich sehr stressig sein. Ich gewinne den Eindruck du engagierst dich mehr, als du verpflichtet bist, hast du denn auch noch ein bisschen Zeit für dich selber?" „Das ist eine gute Frage. Nachteilig sind bei meiner Tätigkeit natürlich die vielen Redaktionskonferenzen, auf denen man sich auch oft mit unliebsamen Kollegen auseinandersetzen muss. Aber man braucht Auseinandersetzungen und Informationsaustausch, das gehört zum Geschäft. Ich habe schon oft überlegt, ob ich mich nicht selbstständig mache, vielleicht zusammen mit einer Kollegin, um frei von dem täglichen Redaktionsgeschäft zu sein. Das könnte mir gefallen, selbst entscheiden, was man tut. Das wäre großartig, zum Beispiel als Texterin für die Publikumspresse und Firmenpublikationen, also Corporate Publishing, dann hätte ich auch mehr Zeit für mein Hobby, das Schreiben von Romanen."

Wohnungsbesuche bei Jessica und Rudolph

Das Stadtviertel Westend ist eine sehr beliebte Berliner Wohngegend. Es sind viele Schauspieler, Wissenschaftler und Politiker, die dort in der Villenkolonie oder dem angrenzenden Neu-Westend ihr Zuhause haben. Der Ortsteil an der Westflanke des Bezirkes Charlottenburg-Wilmersdorf mit seinen zahlreichen Plätzen hat eine besondere Anziehungskraft auf Menschen die gerne citynah im Grünen leben. Jessica fühlte sich in dieser Gegend sehr wohl. Sie besaß hier eine 90 Quadratmeter große Drei-Zimmer-Eigentumswohnung mit Küche und Bad und einen Stellplatz in der Tiefgarage des Wohnhauses. Es ging auf den Abend zu. Jessica saß im Wohnzimmer auf der Couch. Sie sehnte sich nach Ruhe und Alleinsein, um über ihr Leben in der letzten Zeit nachzudenken. Plötzlich, aus dem Nichts heraus, sagte sie zu sich: „Das Leben findet hier und heute statt. Wer weiß, wie lange noch. Rudolph ist jetzt in mein Leben getreten. Ich bin gerne mit ihm zusammen. Er bedeutet mir im Moment am meisten. Ein paar Tage ohne ihn sind für mich ebenso unvorstellbar geworden wie das Leben, das ich noch vor kurzem geführt habe." Als sie Rudolph kennenlernte, hatte sie gerade eine Beziehung beendet. Es war eine Beziehung, die aus guten Gründen ein Ende fand. Es waren oft unüberbrückbare Differenzen, mit denen sie im Zuge dieser Partnerschaft zu kämpfen hatte und so richtig verliebt war sie in diesen Mann auch nicht. Sie hatte bei der Auswahl der Männer bisher keine glückliche Hand gehabt. „Vielleicht bin ich auch zu kritisch. Ich glaube schon nicht mehr daran, dass es die Liebe gibt, aber andererseits", so philosophierte Jessica so vor sich hin, „sind Beziehungen ein zentraler Bestandteil unseres Lebens. Denn mit dem richtigen Partner geht das Leben doch erst richtig los. Ich wollte doch immer warten, bis der Richtige kommt." Mit dem Kennenlernen von Rudolph hatte sie eine neue Sichtweise auf ihr Privatleben und eine Liebesbeziehung bekommen. Sie hatten bisher sehr schöne Begegnungen gehabt. Stunden lang konnten sie sich unterhalten und auch schweigen, ohne dass die Stille zwischen ihnen belastend gewesen wäre. „Er ist sehr nett, hochkultiviert, gebildet, lustig, gesellig, versprüht gute Laune, wir haben viele Gemeinsamkeiten, er ist jemand, der Sicherheit ausstrahlt. Wenn Rudolph jetzt hier wäre", so schmunzelte Jessica in ihrer Couchecke, „würde ich ihm vielleicht sagen, dass ich ihn liebe? Was würde er wohl darauf antworten? Ich glaube, er würde sagen: Jessica, das beruht auf Gegenseitigkeit." Jessica fühlte sich nach ihren Gedanken über ihr Gefühlsleben energiegeladen. Sie sagte sich: „Wir leben in modernen Zeiten. Ich sollte es lockerer sehen, ich nehme mein Glück jetzt selbst in die Hand. Sie stand auf, ging in das Arbeitszimmer zum Handy und rief mit innerer Erregung Rudolph an. Rudolph nahm seinen Festnetzhörer ab Freute sich, dass Jessica am Apparat war. Er hörte sie sagen: „Lieber Rudolph, willst du nicht morgen am Sonnabend zu mir in meine Wohnung kommen? Ich würde sehr gern mit dir zusammen sein, ich habe Sehnsucht nach dir." „Liebe Jessica, ich komme sehr gerne zu dir nach Hause, bin überglücklich, dass ich das darf. Ich sehne mich auch nach dir und zähle die Stunden bis zum Wiedersehen." Am Sonnabendmorgen gegen zehn Uhr eilte Rudolph, einen bunten Blumenstrauß unterm Arm, mit energischen Schritten nach Westend zur Wohnung von Jessica. Weit ausgestreckte Arme, ein fröhliches Lachen und Küsse waren die Begrüßung. Sie hatte sich für ihn hübsch gemacht. „Jessica du siehst umwerfend aus", sagte er und sie sprach: „Zieh dich so an, als wäre es der beste Tag deines Lebens. Diese Philosophie passt auf den heutigen Tag." Nach einem Gläschen Sekt sagte Jessica: „Rudolph, ich glaube, du bist neugierig darauf, wie ich mir mein Zuhause gestaltet habe, komm, ich zeige dir meine Behausung." Er gab Jessicas Führung durch die Wohnung seine volle Aufmerksamkeit, bestätigte ihren guten Geschmack. Jessicas Wohnung war sehr stilvoll eingerichtet. Möbel und Bilder harmonierten miteinander. Einen spannenden Kontrast zu ihrer modernen Einrichtung bildete ein an der Wand hängendes altes Ölgemälde mit einem sehr alten Rahmen. Einen dekorativen Blickfang bildete das an der Seitenwand im Wohnzimmer hängende Zebrakraut mit seinen silbrig weißen Streifen auf grünem Grund. „Du hast damit Grünes auf Augenhöhe", sagte Rudolph, lachte und küsste sie. „Ja, aber beim Gießen muss eine bestimmte Strategie eingehalten werden, gegossen wird von oben nach unten", war die Antwort von Jessica. Im Wohnzimmer stand auch ein kleiner zierlicher Biedermeiertisch, auf dem Rudolph ein kleines Tellerchen entdeckte mit der Aufschrift „Aujourd'hui la vie est belle"- heute ist das Leben schön. „Dieser Ausspruch passt gut zu dir." Jessica blickte zu Rudolph und sagte: „Das Tellerchen hat meine Freundin Hanna bei den Recherchen für unser Wirtschaftsmagazin auf einem Flohmarkt gefunden und für mich aus Frankreich mitgebracht." In ihrem Arbeitszimmer hingen gleich große Fotos. Die Motive hatten alle etwas miteinander zu tun, so dass die gradlinige Ausrichtung eine gute Einheit bildete. Viele kleinere hoch- und querformatige Bilder hatte sie auf einer dekorativen Wandleiste stehen. Im Mittelpunkt des Arbeitszimmers befand sich ein großer Schreibtisch mit allen modernen Gerätschaften der elektronischen, digitalen Welt. Gegenüber dem Schreibtisch war ein überdimensionaler Fernsehapparat an der Wand installiert. Auf einem neben dem Schreibtisch stehenden Beistelltisch fanden sich aktuelle Zeitungsausgaben der Wirtschaftsmagazine und des Handelsblattes, auch das große Bücherregal war ein wichtiges Objekt in diesem Raum.

In der Küche imponierten Rudolph die Hängeampeln, die mit Kräutertöpfchen gefüllt waren. Wenn man sich die Arbeitsflächen freihalten wollte, musste man sich etwas einfallen lassen. Er erblickte auch ihr sehr schönes Geschirr aus Kunsthandwerksporzellan, das aus Feldspat, Kaolin und Quarz hergestellt wurde. In der Küche hatte Jessica neben einigen praktischen Elementen einen großen Gemüseschrank, in dem man mit Hilfe von LED-Licht selbst Salat, Gemüse und Kräuter ziehen konnte.

Jessica hatte auch ein großes Bad, ca. zehn Quadratmeter groß, in dem die ovale Badewanne mitten im Raum stand. Sie wirkte wie ein Dekorationsstück. Die Wasser zu- und -abläufe waren im Boden versenkt. Im Bad stapelten sich verschiedene Cremes und Lotion. „Wer eine schöne straffe Haut in meinem Alter haben will", scherzte Jessica mit Rudolph, „hat so was. Was tut man nicht alles dafür." Rudolph reagierte darauf klug und einfühlsam. Sie gingen weiter ins Schlafzimmer. Jessica sprach: „Alexa „Licht an". Wenn ich dies sage, rufe ich nicht das Personal, sondern rede mit der künstlichen Intelligenz von Amazon, ich kann mit dieser Technik im Schlaf- und Wohnzimmer unter anderem auch den Fernseher und die Einschlafmusik ein- und ausschalten. Ich habe auch smarte Lampen, mit denen sich ganze Lichtstimmungen programmieren lassen, die ich besonders bei meinen Romanschreibungen im Arbeitszimmer einsetze." „Liebe Jessica, in deinem Schlafzimmer stehen eine Vielzahl von Gerätschaften, wozu benötigst du sie, was machst du damit? „Das werde ich dir sagen oder besser noch demonstrieren. Ich habe da einmal einen Lichtwecker, der simuliert einen Sonnenaufgang und ermöglicht ein langsames Erwachen aus dem Reich der Träume. Es ist für mich wichtig, in der richtigen Stimmung aufzuwachen. Ich habe hier auch ein Bildschirmgerät stehen, das mir den aktuellen Wetterbericht sowie die Verkehrslage für den Weg zur Arbeit ansagt. Ich installierte eine steuerbare Heizung mit Einsparungspotential. Sie ermöglicht, die Temperaturen über Nacht automatisch herunter zu regeln. Mit entsprechenden Sensoren werden zudem die Heizkörper abgeschaltet, wenn das Fenster zum Lüften geöffnet wird, es ist auch möglich, die Heizroutine insgesamt zu programmieren. So kühlt mein Schlafzimmer passend zur Schlafenszeit angenehm ab und kann morgens wieder wärmer werden. Du siehst also, was man heute schon mit moderner Technik so alles anstellen kann." Rudolph kam aus dem Staunen nicht heraus. „Bei dir hat alles seinen richtigen Platz. Es passt alles. Jessica, du hast dir eine Komfortwohnung mit hohem technischem Standard geschmackvoll und gemütlich eingerichtet. In deinem Ambiente fühle ich mich sehr wohl." Sie gingen beide in das Wohnzimmer, setzten sich auf die Couch. Sie drückten sich ganz fest und küssten sich. Sie hörten Musik, unterhielten sich. Jessicas frühere Verschlossenheit war verschwunden, beide lebten in der Erkenntnis, dass es viel Bewusstsein und Achtsamkeit brauchte, um eine erfüllte, respektvolle, leidenschaftliche und liebevolle Beziehung zu führen, in der jeder Partner individuell blieb und Verantwortung für seine eigenen Gefühle, Bedürfnisse und Wünsche übernahm. Die Zukunft leuchtete für Jessica und Rudolph in hellen Farben. Rudolph verbrachte das ganze Wochenende bei Jessica. Am Sonntagnachmittag ließ sie ihn im Sessel schlafen, während sie sich auf der Couch zusammenrollte und ein Buch las. Einfach mit ihm zusammen zu sein, hatte sich irgendwie richtig angefühlt. Sie war nach ihren bisherigen Erfahrungen aber zu misstrauisch, um blindlings darauf zu vertrauen, dass jenes Hochgefühl, das sie in seiner Gegenwart empfand, ewig anhalten würde. Ihr Misstrauen war zu groß, als dass sie gleich mit Ihm schlafen wollte. In ihrem Innersten hatte sie zu viel Angst, um ihn an sich heranzulassen. Jetzt war es aber geschehen und sie fühlte sich glücklich. Sie verbrachten jede Nacht miteinander.

Das Wochenende ging viel zu schnell vorüber. Am Montagmorgen kehrten beide zurück in ihren Alltag. Rudolph fuhr mit dem Auto in seine Kanzlei, er ließ sich gedankenverloren durch den morgendlichen Verkehr treiben. Bester Dinge betrat er die Kanzlei. Seine engsten Mitarbeiter begrüßten ihn lässig und fragten ihn: „Guten Morgen, Chef, schönes Wochenende gehabt?" „Danke, zu schön und zu kurz." Er grinste dabei. Rechtsanwalt Wilken alberte gutgelaunt: „Chef, warum drehen wir den Spieß nicht um? Zwei Tage Arbeit und fünf Tage Wochenende bei vollem Lohnausgleich?" „Gute Idee", meinte Frau Schmidt, die mit einer Mappe voller Schriftstücke unterm Arm herbeikam, „aber ich glaube, unser Chef wird etwas dagegen haben."

Jessicas Bett hatte am Montagmorgen die deutlich größere Anziehungskraft als ihr Schreibtisch im Büro. Nachdem sie nach geraumer Zeit ihren Schlafanzug, bestehend aus T-Shirt und Höschen, abgelegt hatte, trat sie unter die angenehm warme Dusche und ließ sich davon wachprasseln. Jessica funktionierte morgens nicht ohne Dusche und eine Tasse Kaffee. Mit großer Verspätung machte sie sich dann auf den Weg zum Arbeitsplatz in die Wirtschaftsredaktion. Am nächsten Tag hatte Rudolph Jessica zum Abendessen zu sich nach Hause eingeladen Er kochte griechisch. Die Rezepte entnahm er einem alten Kochbuch seiner Mutter, er machte einen Hirtentopf, wobei er als Zutaten Lammfleisch, Zwiebeln, Paprikaschoten, Thymian, Rosmarin und gemahlenen Kümmel verbrauchte. „Man muss das miterleben, wie er kocht", dachte Jessica. Der Tisch war festlich mit dem guten Geschirr gedeckt. „Rudolph", sagte sie zu ihm, „du hast ja viel zu viel gekocht, wer soll das denn alles aufessen? Bedenke doch, ich muss ein wenig auf mein Gewicht achten." „Ach was", antwortete er, „wie schwer bist du denn?" Jessica verzog ihre Lippen zu einem Schmunzeln, das eine Spur von Zurückhaltung verriet und sagte: „Eine Dame verrät weder ihr Alter noch ihr Gewicht." Sie waren in bester Laune und kamen gut miteinander aus. Jessica gefiel der neue Wohnsitz, den er nach dem Tod von Marianne in Potsdam nahe am Jungfernsee gefunden hatte.

Freundinnen aus der Wirtschaftsredaktion

Jessica gefiel es immer wieder, nach einem langen Arbeitstag am Abend ihr Stamm- Restaurant aufzusuchen und sich dort mit ihren drei Freundinnen, den Kolleginnen aus der Wirtschaftsredaktion, zu treffen. Sie sagte: „Ich brauche ein Stammlokal, wo der Kellner weiß, welches Glas Wein man haben möchte und welche Speisen man bevorzugt." Die Freundinnen Hanna, Heike und Tina trafen sich gerne mit Jessica, um nach einem anstrengenden Arbeitstag erst einmal durchzuschnaufen und sich in einer Runde des Weibertratsches auszutauschen. „Wenn ihr euch trefft, worüber redet ihr dann am liebsten?", fragte Rudolph Jessica, als er sie von der Arbeit abholte und bis zum Restaurant begleitete. „Wir haben keine festen Themen, lassen den Dingen freien Lauf. Wir unterhalten uns über große Themen des Lebens – Beziehungen zu den Männern, Liebe, Job oder Familie, aber auch über amüsante Begegnungen und witzige Ereignisse, die genauso zum Leben gehören." Sie redeten miteinander darüber, was sie bewegte, glücklich machte oder runterzog, unter den Freundinnen gab es nichts, was nicht erzählenswert gewesen wäre. Jessicas Freundinnen waren zwischen 34 und 40 Jahre alt. Die Frauen hatten, oberflächlich betrachtet, äußerlich nichts gemeinsam, jede hatte auf ihre Art unterschiedliche Ängste, Probleme und Hoffnungen. Es fühlt sich gut an, versicherten sie sich immer wieder, dass sie uns so gut verstanden und in der Abteilung von Jessica auch so zuverlässig miteinander arbeiten konnten. Es war sehr wichtig, dass man sich bei der verantwortungsvollen Redaktionsarbeit aufeinander verlassen konnte, einen verlässlichen Dienstpartner hatte.

Lachend saßen die Freundinnen am Abend zusammen. Sie ließen sich auf das weiche Polster der Restaurantstühle fallen und gönnten sich ein leckeres Abendessen, dazu tranken sie eine Flasche Rotwein und plauderten über Gegenwart und Zukunft. Es war ihnen wichtig, den eigenen Ansprüchen gerecht zu werden. Sie erinnerten immer wieder daran, wie bereits Ende des 19. Anfang des 20. Jahrhunderts, die Frauen ein neues Selbstbewusstsein entwickelten. Ob Wahlrecht, die freie Wahl der Arbeit, Zulassung zu den Akademien, alles mussten sie sich erkämpfen und taten dies auch erfolgreich.

Hanna war alleinerziehende Mutter. Sie wurde von ihrem Mann verlassen. Sie erzählte ihren Freundinnen, dass seit Jahren nur noch eine Interessengemeinschaft der beiden bestand. „In jeder Ehe tauchen früher oder später Probleme auf. Es zeigte sich mit der Zeit, dass wir nicht in allen Bereichen perfekt miteinander harmonieren" sagte Hanna. Ihr Mann dachte, die Ehe funktionierte, wenn das Kind gewaschen war, Essen auf dem Tisch stand und manchmal noch Sex stattfand. Hanna hingegen war ganz unzufrieden, sie sagte zu ihm: „So können wir nicht leben, wir unternehmen nichts gemeinsam, wir reden nicht miteinander." Frauen waren anspruchsvoller, weil sie genauer wussten, wie wesentlich Gefühlsbeziehungen waren. Schon bald merkte sie, dass er andere Frauen nebenher hatte, ihnen teure Geschenke machte und sich in exklusiven Hotels amüsierte. „Ja, liebe Hanna, das war wirklich eine schlimme Zeit für dich", sagte Jessica. „Du bist eine Frau, die Achtung und Anerkennung verdient. Um Konflikte zu lösen, müssen die Ehepartner bereit sein, Kompromisse einzugehen und dürfen nicht die gesamte Verantwortung dem Partner zuschieben wollen. Du hast dich mit der Trennung sicherlich richtig entschieden. Wie geht es dir denn jetzt?" Hanna sprach zu ihren Freundinnen: „Ich bin euch sehr dankbar dafür, dass ihr in dieser Zeit für mich da wart und einstandet. Im Augenblick bin ich gerade dabei, mein Leben neu zu sortieren. Ich erzählte euch bereits, dass ich hier, bei einem Abend im Restaurant, Christian kennengelernt habe. Ich glaube es hat zwischen uns beiden gefunkt, ich hoffe sehr, dass es was Ernstes wird und wir zusammenkommen." „Hanna, wir wünschen dir von Herzen, dass du ein neues Glück finden wirst. Du sahst schon glücklich aus, als du heute Abend freudestrahlend zu uns hereinkamst."

Heike war eine sehr gepflegte, jugendlich wirkende Frau mit auffälliger Eleganz. Sie war seit zehn Jahren glücklich verheiratet und übte neben der Arbeit beim Wirtschaftsmagazin die Rolle der strukturierten Hausfrau aus. Heike erzählte sehr witzig, wie es ihr in Bezug auf Partnersuche und Heirat ergangen war. „Heirate niemals, Heike! Genieße dein Leben, solange du kannst", hörte sie ihre gefrusteten Tanten und Onkel, Cousinen und Cousins nur allzu oft sagen. „Dennoch war die Frage nach einem Typen mit Heiratspotenzial das Erste, das ich mir zu Weihnachten von ihnen anhören durfte, als ich solo zum Essen erschien. Für sie bestand das Problem darin: Es ist nicht wichtig, wen du heiratest – sondern dass du heiratest! Heute empfinden sie meinen Mann und mich voller Freude als ein glückliches Paar. Routine und Langeweile gibt es in unserer Ehe nicht", beendete sie lächelnd ihren Kommentar.

Tina war die Frohnatur in der Gruppe. Sie war eine Nachteule, selbst unter der Woche brauchte sie nicht viel Schlaf. Ihre Beziehungen zu den Männern nahm sie nicht so ernst, setzte privat auf unverbindliche Affären, die oft schwierig und voller Problematik gewesen waren und immer rasch endeten. Als sie heute Abend in einem strahlendblauen Kleid erschien, das ihrem warmen Teint schmeichelte, entdeckten die Freundinnen die Müdigkeit unter ihrer Schminke. „Ich bitte die Verspätung zu entschuldigen", sagte sie, bot aber keine weitere Erklärung an. „Was ist los mit dir, Tina, warum bist Du so missmutig?", fragten die Freundinnen. Etwas zögerlich sagte sie: „Ich hatte einmal wieder keine glückliche Hand bei meiner Männerauswahl. Ich habe mich von meinem Freund getrennt, habe jetzt genug von den Männern." Sie erzählte weiter: „Vor Wochen sind wir noch durch die Bars gezogen, um ein bisschen zu tanzen und ein paar Bier zu zischen. Was Smalltalk anbetrifft, war er eine Niete. Aber als Tänzer war er gut. Zu Hause schlief er meistens oder trank Bier oder schaute fern. Er war kein begnadeter Liebhaber, sondern mehr ein Bruder Leichtfuß, der so tat, als würde ich ihm etwas bedeuten, aber in Wirklichkeit nutzte er mich nur aus. Aber bei Euch bin ich wieder milde gestimmt", antwortete sie knapp. „Ich spare mir meine Energie lieber für Wichtigeres auf." Tina war so, wie sie war. Völlig unerwartet sagte sie zu den Mädels: „Entschuldigt, dass ich euch heute bei unserem privaten Abend in einer dienstlichen Angelegenheit um einen Rat fragen möchte. Ihr wisst ja an welcher Reportage ich gerade arbeite". Tina befasste sich im Rahmen ihrer aktuellen Recherchen mit der Bauindustrie und berichtete, dass Milliarden Tonnen Sand jedes Jahr quer über den Globus gehandelt werden, nur Wasser war als ein einziger Rohstoff noch gefragter. Ein deutsches Start-up-Unternehmen hatte angeblich den Stein des Weisen gefunden. Man konnte Wüstensand, der im Überfluss vorhanden und bisher industriell nutzlos war, als Bausand verwenden. Es war eine märchenhafte Geschichte. Das Emirat Dubai musste tausende Tonnen Sand mit Schiffen aus Australien importieren, um den Burj Khalifa fertigzustellen, das höchste Gebäude der Welt. Die langen Transportwege belasteten nicht nur die Umwelt, sie machten den Sand auch teuer. Unter bauphysikalischen Aspekten war zur Nutzung des Wüstensandes, so die Mitteilungen des deutschen Unternehmens, von großer Bedeutung, wie weit es gelänge durch beigemischte Stoffe die Eigenschaften des Wüstensanders so zu verändern, dass er für die unterschiedlichsten Bauprojekte eingesetzt werden konnte. Beim Tunnelbau müsste die Masse schnell trocknen, während sie beim Hochbau länger flüssig bleiben sollte. Viele Entwicklungsschritte waren für solche Bauweisen noch notwendig. „Was meint ihr? Ich möchte gerne nach Dubai reisen, um mich über die dort anlaufenden Projekte vor Ort zu informieren. Glaubt ihr, dass die Leitung des Wirtschaftsmagazins meinem Anliegen zustimmen wird und würdet ihr mich dabei unterstützen?" Die Freundinnen wirkten etwas überrascht, dass Tina in der privaten Runde auf dieses Thema kam. Offenbar brauchte sie einen Ausgleich für ihre privaten Diskrepanzen. Sie antworteten: „Liebe Tina, selbstverständlich werden wir deinen Plan unterstützen. Wir verstehen dich sehr gut, dass du ein bisschen frischen Wind in dein Leben lassen möchtest. Lass uns weitere Einzelheiten dazu morgen in der Redaktion besprechen."

Im Laufe der weiteren Unterhaltung fragte Heike: „Jessica, wie geht es dir eigentlich? Du hast dich, wie du neulich erwähntest, auch wieder neu orientiert." Jessica antwortete: „In der Tat. Wie ihr wisst, bestand mein Leben bisher aus vielen Neuanfängen, leisen wie lauten." Sie hatte noch keinen Mann gefunden, der es mit ihr aufnehmen konnte. Das Leben hatte sie gelehrt, dass sich die Dinge selten nach Wunsch entwickelten. „Aber jetzt ist ein Richtungswechsel eingetreten, mein Leben ist prall gefüllt mit Lebendigkeit. Ich habe einen Mann gefunden, der meinen Ansprüchen gerecht wird und den ich liebe. Die Liebe ist eine Entscheidung. Es ist der fundamentale Umbruch ins Glück, Ich habe eine neue Haltung bekommen, ein überraschendes Gefühl, eine Klarheit, die alles verändert. Wir sind beide plötzlich hellwach, fühlen uns wie angeschaltet, bekommen oft eine Gänsehaut, sind wie vom Blitz getroffen. Das ist jetzt nicht von dieser Welt, staunen wir und finden keine Worte." Die Freundinnen waren begeistert von Jessicas Schwärmerei, sie gönnten es ihr sehr, dass sie die Weichen neu gestellt hatte und wünschen ihr viel Glück. Jessica sprach weiter: „Liebe Leute, da ist noch etwas, worüber ich mit euch sprechen möchte. Mit Tina erörterten wir heute Abend betriebliche Dinge, die wir ja meistens bei unserem gemütlichen Beisammensein außen vor lassen, aber wir müssen jetzt einmal über Manfred, der ja auch zu unserem Team gehört, sprechen. Zudem möchte ich euch auch über ein Vorkommnis mit ihm berichten."

Manfred gehörte neben den drei Freundinnen zu Jessicas Redaktionsteam beim Wirtschaftsmagazin. Er besaß ungewöhnliche Fähigkeiten, die bei der Redaktion sehr gefragt waren. Obwohl

Manfred von vielen Dingen keine Ahnung hatte, war er auf dem Computer und in der Informationstechnologie ein Held seiner Zeit. Ein Genie, sagte mancher in der Redaktion. Er war das, was man einen Nerd nennt. Der Computer war für ihn ein natürlicher Lebensinhalt. Oft hing er im Berliner Büro des Chaos Computer Clubs ab, dessen Mitglieder sich als moderne Robin Hoods verstanden, die Missbrauch und Sicherheitslecks in der Informationstechnologie aufdeckten, den Mächtigen in Wirtschaft und Politik auf die Finger schauten. Manfred ging es bei diesen Arbeiten nicht so sehr ums Geld. „Er zählt zu den Aufklärern", sagten seine Kollegen, „mit wem er sich dabei anlegt, ist ihm egal." Er war manchmal naiv und sah die Gefahr, die mit seiner Arbeit verbunden war, nicht. Wenn die Freundinnen mit Jessica feierten, war Manfred nie eingeladen, das kränkte ihn schon, nicht dazuzugehören, aber im Laufe der Zeit hatte er sich wohl damit abgefunden. Sein Problem war, dass er sich in Jessica, seine Chefin, verliebt hatte und dass sich die Gefühle zu ihr nicht verringerten, sondern immer intensiver wurden. Er versuchte alles, um ihre Aufmerksamkeit auf sich zu ziehen, aber alle seine Bemühungen liefen ins Leere. Seine Gedanken kreisten nur um sie und er merkte nicht, dass ihm dadurch der Alltag entglitt. Er legte seine Tagesabläufe sehr auf Jessicas Zeitplan aus, um in ihrer Nähe zu sein. Er brauchte viel Kraft, um in der Redaktion auf seine Umgebung normal zu wirken und mit den Kollegen arbeiten zu können. „Vielleicht lädt sie mich einmal ein, etwas gemeinsam zu unternehmen", dachte er manchmal, aber dann war es doch immer nur dienstlich. Für ihn war es total frustrierend, Jessica nie wirklich erreichen oder berühren zu können, sondern eher auf Abwehr zu stoßen. Er lebte in seiner eigenen Welt, die realitätsfern war, in einer Scheinwelt, weil seine Gefühle nicht erwidert wurden. Manfred hatte bei seiner Arbeit nicht nur Jessica, in die er verliebt war, ständig vor der Nase, sondern bekam auch von den drei Freundinnen erzählt, was sie Lustiges sie nach der Arbeit unternommen hatten. Er dachte: „Wenn meine Kolleginnen sich unterhalten und ich komme dazu, hört Jessica meist auf zu reden und die Freundinnen, mit denen ich zusammenarbeite, reden dann alleine mit mir weiter. Fast jeden Tag sehe ich, dass Jessica nichts von mir will, nicht einmal einen freundschaftlichen Kontakt, sondern immer nur meine qualifizierte Arbeitsleistung." Manfred konnte sich mit der unerwiderten Liebe nicht abfinden. Er war verrückt nach ihr. Er wollte von ihr geliebt werden. Er musste ihr klar sagen, dass er sie liebte und für sie alles tun würde, was sie wollte, vielleicht konnte er dann die Weichen neu stellen. Er beschloss, zu Jessica nach Hause zu gehen.

Es klingelte an Jessicas Wohnungstür. Sie öffnete in Jeans und grünem Pullover, durch den ihre Brüste hindurchschimmerten. Das fiel Manfred sofort auf. Ihre Haare waren frisch gekämmt. Er entschuldigte sich wegen der Störung, betrat die Wohnung und sagte: „Ich wollte zur Erstellung des E-Papers noch gerne den von dir zusammengestellten Wirtschaftsbericht abholen." Jessica sagte, dass hätte doch Zeit bis morgen gehabt, sie ging ins Arbeitszimmer, um den Artikel zu holen. Als sie wieder vor ihm stand, zählte er in Gedanken bis drei, dann stürzte er sich auf sie, legte seine Hände um ihren Hals und wollte sie küssen. Entnervt blieb Jessica stehen, löste sich aus der Umarmung und sagte: „Was soll das denn, bist du total durchgeknallt? Es tut mir leid, aber was du da über eine Liebe zu mir zusammenredest, ist absoluter Stuss, eine Achterbahn deiner Gefühle. Du steigerst dich da in etwas hinein. Deine Erwartungen und Wünsche sind absurd. Nimm dich zusammen! An einer unerwiderten Liebe festzuhalten, ist aussichtslos. Mach dir keine Hoffnungen und geh wieder nach Hause." Dann beschwichtigte sie ihn: „Betrachten wir das eben Geschehene mit Humor. Humor, Manfred, ist etwas Intelligentes und die witzigen Dinge entstehen meist aus etwas, was einen belastet, einem weh tut. Und dann versucht man es für sich umzudrehen, um den Witz darin zu finden. Denke einmal darüber nach." Manfred verließ die Wohnung.

Jessica sagte zu ihren Freundinnen: „Es ist jetzt an der Zeit, etwas zu unternehmen. Ich habe ja ein gewisses Verständnis für Schwärmereien aber meint ihr nicht auch, dass das zu weit geht? Ich habe das Gefühl, dass er in seinem Liebeswahn noch durchdreht. In den letzten Tagen habe ich mich gefragt: Hat meine Zurückweisung bei ihm einen Riss erzeugt, so dass eine weitere Zusammenarbeit mit ihm unmöglich geworden ist, oder fängt er sich und wir arbeiten wie bislang weiterhin kollegial mit ihm?" Die Freundinnen hatten Jessica genau zugehört, Sie schätzten ein, was Manfred fühlen und denken könnte. Sie sagten: „Wir haben natürlich auch gemerkt, wie Manfred dich verehrt und bemüht ist, dir zu imponieren. Er fühlt sich nicht wohl und ist permanent angespannt. Eine Situation, die auch seiner Arbeit schadet. Es ist normal und kommt immer wieder vor, dass die eigene Liebe von der anderen Seite nicht erwidert wird. Es ist auch normal, eine Zeitlang nicht loslassen zu können vom Objekt der Begierde. Problematisch wird es nur dann, wenn man lange unglücklich ist oder sich selbst sogar aufgibt. Krankhafte Ausformungen können dann bis zum Stalking reichen. Der unerwartete Besuch bei dir, unter einem lächerlichen Vorwand, ist schon ein ernstes Anzeichen dafür, dass er nicht loslassen kann, dass er sich in etwas hineinsteigert, sich etwas vormacht, dass er in einer Welt lebt, die realitätsfern ist. Jede Verschiebung oder gar Absage löst in ihm ein inneres Chaos aus. In den nächsten Tagen sollten wir Manfred in einer internen Teambesprechung klarmachen, dass seine Annäherungen dir gegenüber unmöglich und nicht haltbar sind. Er muss sich entscheiden, ob er das Team verlassen möchte oder zur korrekten Zusammenarbeit bereit ist. Wir werden ihm mit viel Aufmerksamkeit versichern, gemeinsam einen Neuanfang zu machen." Jessica sagte: „Vielen Dank an euch. Das ist wirklich eine gute Idee, ihm mit einer Aussprache zu helfen und wieder ein normales Betriebsklima aufzubauen." Es wurde noch ein gemütlicher und langer Abend. Bevor sie sich verabschiedeten, fragte Jessica ihre Freundinnen, ob sie am kommenden Tag nach Feierabend Lust zu einem Einkaufsbummel hätten. Tina sagte: „Ich bin bereit, auf mich wartet keiner. Freue mich auf morgen."

Der Tauentzien ist eine der großen Einkaufsstraßen Berlins. Hier befinden sich viele schicke Designerläden und andere Geschäfte. Dazu gehört auch das berühmte Kaufhaus des Westens, das KaDeWe. In der Mitte der Straße steht eine interessante Skulptur mit dem Titel „Berlin", die die „gebrochene" Natur der Stadt darstellt, als sie während des Kalten Krieges in Ost und West aufgeteilt wurde. Jessica und Tina spazierten den Tauentzien entlang, vom Europa-Center bis zum Wittenbergplatz. Die Straße war von vielen Touristen stark frequentiert. Die Geschäfte schienen hier gut zu laufen. Das lag sicherlich nicht nur am ebenfalls gewachsenen Einkommen der Berliner, sondern vor allem an den Touristen. Wie es immer so ist, wenn Freundinnen zusammen einkaufen, nutzten sie die Zeit bis zum Ladenschluss. Jessica hatte sich zu einem Kauf noch nicht entschieden. „Also, wenn ich ehrlich bin", sagte sie, „hat mir das Kostüm, das wir in dem Eckladen an der Tauentzienstraße als Erstes sahen, am besten gefallen. Ich schaue morgen dort noch einmal vorbei, ist es bis dahin noch nicht verkauft, nehme ich es." Tina lachte laut. „Was gibt es da zu lachen?", fragte Jessica. „Weil es mir meistens genauso wie dir geht. Ich sehe etwas, das mir gefällt und mir auch steht, trotzdem denke ich, ich finde noch etwas Besseres, am Schluss lande ich dann auch wieder im selben Geschäft. Das habe ich jetzt nicht umsonst gesagt", sprach Tina, „komm jetzt mit." Tina schob ihren Arm unter Jessicas und trieb sie an. Die Ladentür war schon abgeschlossen, aber die Inhaberin des Geschäftes war noch nicht gegangen. Tina klopfte, sie wurden reingelassen. Jessica probierte das Kostüm. Es stand ihr sehr gut. Sie war mit ihrem Spiegelbild zufrieden und kaufte es. „Das war aber anstrengend", klagte Jessica als sie wieder aus dem Laden traten. „Ich habe dir nicht versprochen, dass es einfach sein wird." Beide lachten miteinander und gingen zum KaDeWe zu dem Sterne-Fresstempel, der sich unter dem Dach des Kaufhauses befindet.

Kurzurlaub an der Ostsee

Jessica und Rudolph saßen beim Abendbrot in Jessicas Wohnung. Rudolph sagte zu ihr: „Du siehst heute sehr abgespannt aus, du arbeitest zu viel, das ist nicht gut, sag mir, was du in den nächsten Tagen machen wirst." „Lieber Rudolph, es tut mir leid, dass ich so viel zu tun habe, aber es ist nur für eine kurze Zeit, danach habe ich wieder mehr Zeit für uns." „Das freut mich, denn ich habe eine Idee. Wir sollten, wenn du es wieder einrichten kannst, einfach ausreißen. Wir setzen uns ins Auto und fahren für ein paar Tage an die Ostsee nach Timmendorf. Bist du dabei?" „Das ist so schön, was du da sagst, selbstverständlich bin ich dabei. Die Freude auf diesen Ausflug gibt mir Kraft für die triste Arbeit der nächsten Tage." Ein Lächeln glitt über sein Gesicht, ob des Einverständnisses, das sie ihm entgegenbrachte. Er zog sie in seine Arme und sie küssten sich lange. Als sie in Timmendorf ankamen, strahlte die Sonne, das verlängerte Wochenende lag vor ihnen. Nur kurze Zeit blieben sie im Hotel, um dann den Badeort zu erkunden. „Es ist wirklich sehr schön hier, der kleine Hafen, die Promenade, auf der wir gerade entlangflanieren." Besonders die kleinen Reetkaten hatten es Jessica angetan, sie verbreiteten viel Charme, es waren richtige kleine, schnuckelige Paradiese für einen perfekten Urlaub. „Beim nächsten Mal sollten wir uns so ein kleines Ferienhäuschen statt ein Hotelzimmer mieten", bemerkte Jessica.

Auch die gastronomischen Angebote in Timmendorf zogen sie an. Am Abend gingen sie in ein Fischrestaurant in den Hafen, dort genossen sie die schönen Stunden bei Kerzenschein, lustiger Seemannsmusik und gutem Essen. Für den nächsten Tag wurde beschlossen, eine Wanderung entlang der Steilküste, in Richtung Timmendorfer Strand zu unternehmen. Bereits am frühen Morgen, ausgestattet mit Rucksack und Wanderstab, wanderten sie durch die sommerliche Landschaft, vorbei an einigen Villen an rotblühendem Klatschmohn und leuchtenden Sonnenblumenköpfen, über einen wiesenreichen Umweg bis hin zur Steilküste. Sie erlebten den Wind, der kräftig ins Gesicht blies und den Gang über die nassen Wiesen am Steilufer erschwerte, doch sie lachten nur fröhlich darüber, sie liebten die etwas raue Natur des Nordens mit all seinen Facetten. Jessica entdeckte unten am Strand einen freien Strandkorb. Sie sagte zu Rudolph: „Wir haben es geschafft, der Korb ist unser. Dort lassen uns die krassen Windböen des Steilufers in Ruhe." Sie fassten sich an die Hände und sprangen hinunter an den Strand. Der Korb wurde in Richtung Sonne gedreht, der Schirm etwas nach hinten verlegt, so dass die Sonne den ganzen Körper wärmen konnte. Sie kuschelten sich aneinander und genossen die Ruhe. Stundenlang unterhielten und lachten sie miteinander, auch wenn sie schwiegen, war die Stille zwischen ihnen keine Belastung. Sie genossen die Zweisamkeit. Nach einiger Zeit bemerkten sie, dass die See unruhig wurde, es begann, leicht zu regnen. Meer, Wolken, Regen vermischten sich zu einer undurchdringlichen Masse, vom Strandkorb aus sahen sie, wie der Meereshorizont verschwamm. Sie beeilten sich, um schnell vom Strand wegzukommen. Die Regengüsse schlugen ihnen ins Gesicht, Gewitterwolken bildeten sich, die Wellen des Meeres vermittelten einen dramatischen Eindruck. Vom küstennahen Wanderweg aus, auf einer Wiese, erblickten sie eine alte Scheune, auf die sie zuliefen, um Schutz zu finden. Die Scheune war 30 Meter lang und zehn Meter breit. Bis auf einen engen Gang in der Mitte war alles ausgefüllt mit unzähligen Kisten und vielen losen Gegenständen. Schrott, ein verrostetes Fahrrad, Autoreifen. Rudolph meinte: „Das meiste hier sieht aus wie angeschwemmtes Strandgut, dass jemand in der Scheune verstaut hat, auch eine Art Hobby, jeden Tag nachzusehen, was das Meer, an den Strand mitgebracht hat." Am hinteren Ende der Scheune regnete es durch das Dach. Jessica zerrte eine Matratze aus einem Schrotthaufen hervor, als sie plötzlich einen Aufschrei von Rudolph hörte. Sie eilte zu ihm, wurde kreidebleich, hielt sich die Hände vor ihre Augen. „Was ist hier geschehen?", jammerte sie. Rudolph hatte aus einem Haufen voller Kisten zwei saubere, gut erhaltene herbeiholen und zur Sitzgelegenheit richten wollen. Dabei sah er aus einer abseits stehenden Kiste ein rotes Tuch heraushängen. Er wurde neugierig, ging zu der Kiste und öffnete sie, dann erschrak er fürchterlich, als er eine weibliche Leiche entdeckte, die in diese Kiste gepfercht war und ihn mit starrem Blick anschaute. Er war schockiert und leichenblass. „Jessica, hier ist ein Mord passiert, die Frau muss das Opfer eines Gewaltverbrechens sein." Er griff zu seinem Handy und alarmierte den Notruf. Für beide geschah hier etwas, was sie nicht erfassen und verstehen konnten. Nach geraumer Zeit hörten sie das Signal des Polizeiwagens. Zwei Polizisten, ein Kommissar und eine Kommissarin, stiegen aus und gingen zur Scheune. Das Gelände wurde mit einem Laufband/abgesperrt.

Umgehend erfolgten die Untersuchungen zur Täterermittlung und zum Tathergang. Die Beamten erkundeten die Auffindungssituation und erstellten ein Lagebild. Die Leiche wurde zur Obduktion in die Rechtsmedizin nach Lübeck gebracht. Dort konnten von der Kleidung des Opfers Fasern entfernt werden, die möglicherweise durch den engen Kontakt vom Täter auf das Opfer übertragen wurden. Die Ermittler untersuchten sehr gründlich den Fundort der Leiche und die Umgebung. Schon zu Beginn der Spurensuche erkannten sie, dass der Fundort nicht der Tatort gewesen war. Im Einzelnen sicherten sie relevante Gegenstände sowie Formspuren, die sich auf verschiedene Schuhabdrücke bezogen. Zudem gelang es, abseits von der Scheune gelegene Reifenspuren zu sichern. Die Spurensicherung fand noch eine Handtasche des Opfers, die ihr vermutlich aus der Hand gerissen wurde. Auf einem Trampelpfad, der von der Straße über eine Wiese zur Scheune führte, fand man Schleifspuren, die möglicherweise der Täter beim Transport des toten Mädchens verursacht hatte. Im Anschluss an die Spurensicherung befragten die Polizisten Jessica und Rudolph, die beide noch sehr geschockt waren.

Die Polizei brachte Jessica und Rudolph zurück nach Timmendorf ins Hotel. Sie blieben im Zimmer und schwiegen, jeder für sich hing mit seinen Gedanken am Erlebten. Sie waren emotional angegriffen, bestürzt und fassungslos. Auch am nächsten Morgen hatten sie keine Lust, an den Strand zu gehen oder Weiteres zu unternehmen, sie beschlossen, nach Hause zu fahren. Einige Wochen später erkundigte sich Rudolph über seine Anwaltskanzlei beim Landeskriminalamt in Lübeck zum Stand der Mordfallermittlungen. Das Landeskriminalamt gewährte ihm eine Protokolleinsicht. Aus dem Bericht entnahm Rudolph folgende Abläufe: Das umfangreich erfasste Spurenmaterial am Fundort der Leiche wurde von der Kriminaltechnik untersucht und schnell ausgewertet. Einen entscheidenden, sehr wichtigen Hinweis auf den Täter ergab die Befragung des Scheunenbesitzers, ein Bauer aus Niendorf. Ausgerechnet am Tag des Mordes hatte der Bauer eine Videoanlage an der Scheune installiert, er wollte mit Blick in Richtung Landstraße testen, wie gut seine Kamera Objekte aus der Ferne erkennen konnte. Auf den Kameraaufnahmen, die er der Polizei übergab, war ein Tanklaster mit dem Speditionslogo einer Lübecker Firma erkennbar. Der Tanklaster konnte in der Speditionsfirma sichergestellt und untersucht werden. Reifenspuren sowie Fingerabdrücke und Fasern eines roten Schals im Führerhaus ergaben beim Datenabgleich mit den erfassten Spuren der Scheune eine völlige Übereinstimmung. Von der Spediteur Firma bekamen sie die Kontaktdaten des Täters. Noch am selben Tag konnte er aufgespürt und verhaftet werden. Es war ein 25-jähriger Mann, der sich daran weidete, Menschen sadistisch zu quälen und zu töten, ein Lustmörder, dem jede Empathie für das Opfer fehlte. Zum Tathergang erfuhr Rudolph, dass im Lübecker Rotlichtmilieu ein Mann in einem Tanklaster vorgefahren war und mit einer Prostituierten sprach, die dann ziemlich schnell die Stufen zur Beifahrertür des Tanklastwagens hochstieg. Das Fahrzeug fuhr sofort los, von Lübeck in Richtung Westen, entlang der Ostseeküste. Auf einem verlassenen Parkplatz hielt das Fahrzeug. Der Mann zog die Vorhänge zu und fragte die Prostituierte, ob er sie gegen Aufpreis auch fesseln dürfte, sie war mit zusätzlichen 50 Euro einverstanden. Danach war sie chancenlos. Er kniete sich auf sie und presste mit seinen beiden Daumen ihre Kehle zu. Er würgte die Frau und brach ihr mit bloßen Händen das Genick. Dann zog er ihren roten Schal fest um ihren Hals und verging sich an ihr, danach ließ er die tote Frau hinter dem Vorhang der Schlafkabine im Führerhaus liegen. Er suchte beim Weiterfahren nach einer geeigneten Gegend, wo er die tote Leiche ablegen konnte. Er verharrte in der Nähe der abseits gelegenen Scheune, zu der er sie schleifte und wie Müll in eine der Kisten legte. Er wurde zu 20 Jahre Gefängnis mit anschließender Sicherheitsverwahrung verurteilt.

Herbstausflug in Berlin

Vorbei waren die langen Sommerabende auf der Terrasse mit Kaltschalen und mediterranen Sommergenüssen. Der Herbst hatte mit großen Schritten auch in Berlin Einzug gehalten. Es war eine schöne Zeit, wenn die Sonne Anfang Herbst so klar schien und den Kopf frei machte, kurz bevor die Tage düster wurden und die Menschen nachdenklicher. Die Hauptstadt lockte Jessica und Rudolph bei mildem Herbstwetter zu einem Ausflug in die bunte Natur,. schöne Parks und Wiesen. Sie fuhren mit der S-Bahn zum Treptower Park. Am Bahnhofsvorplatz bemerkten sie eine interessante Metallskulptur, die eine Blüte darstellte, deren Stempel und Blätter sich bewegten. Jessica und Rudolph wanderten in den Treptower Park, der wegen seiner besonderen Mischung aus Flusslandschaft, riesigen Wiesen, beschaulichen Bereichen und vielen lebhaften Lokalen ein attraktives Ausflugsziel vieler Berliner ist. Sie spazierten weiter hinunter zum Spreeufer, setzten sich auf einen der alten Stege, die fast vom Schilf verschlungen wurden, zogen die Schuhe aus und ließen die Füße ins Wasser baumeln. Sie gingen danach zum Ausflugsdampfer, mit dem sie eine Spreefahrt von Treptow bis in die Berliner Mitte unternahmen. Auf der Dampferfahrt konnten sie vom Wasser aus viele Sehenswürdigkeiten bestaunen. Sie fuhren vorbei an der riesenhaften Skulptur des „Molecule Man", ein Symbol der Wiedervereinigung, das mitten in der Spree steht. Die Fahrt ging weiter, unter der Oberbaumbrücke hindurch in die Mitte Berlins, am Regierungsviertel und Bodemuseum vorbei bis zur Anlegestation in Charlottenburg. Rudolph sagte zu Jessica zum Abschluss ihrer Dampferfahrt: „Ich kann jetzt gut verstehen, was für Paris die

Seine und für London die Themse ist, bedeutet den Berlinern die Spree." Sie gingen zu Fuß über die Straße. Rudolph legte den Arm um Jessicas Schulter und sie bummelten zum Park am Charlottenburger Schloss, der eine herrliche, friedliche Umgebung in Mitten der Stadt bietet. Die Bäume hatten sich zu dieser Zeit in ein farbenfrohes Bild verwandelt. Jessica und Rudolph schauten auf überraschende Sichtachsen, durch Bäume und Sträucher, auf das noch von der Sonne mattbeschienene barocke Schloss. Das wurde, was kaum noch bewusst ist, im Krieg fast völlig zerstört und erst in den 50er Jahren in alter Pracht wieder aufgebaut. Im Laufe des Spazierganges war es kühler geworden und so kehrten sie in ein Restaurant ein. Es war noch früher Herbst, aber auf der Speisekarte standen schon wieder kräftigende heimische Spezialitäten: Wild, Steinpilze, Pastinake. Bei einem gepflegten Mahl und einem Glas guten Wein genossen sie die gemeinsame schöne Zeit. Mit den kühleren Herbsttagen wuchs auch wieder der Wunsch nach Wärme und Gemütlichkeit, wie angenehm war es, es sich im Wohnzimmer am Kamin gemütlich zu machen. Beim Blick auf das Holzfeuer kamen wohlige Gefühle auf. Jessica sagte, als sie nach ihrem Tagesausflug wieder zu Hause waren: „Meine schönsten Momente sind die, in denen ich abends im Schaukelstuhl am Kamin sitze und du bei mir im Sessel und wir dann zusammen Musik hören, lesen oder uns unterhalten." „Jessica, ich weiß noch viel zu wenig von dir, ich mag es so gerne, wenn du sprichst, erzähl mir doch ein bisschen aus deinem Leben." Jessica lacht und sagte: „Was soll ich dir sagen, was soll ich dir erzählen? Ich war keine wirklich gute Schülerin. In Nordrhein-Westfalen flog ich von der Schule, weil ich einen Penis getöpfert hatte. Vieles musste ich mir selbst erkämpfen, den Sprung aufs Gymnasium, das Abitur, das Studium. Ich kann gut Flöte spielen und wäre gerne an ein Musikkonservatorium gegangen, aber ich entschied mich für ein Studium mit mehr Prestige, auch wenn ich dafür noch mehr pauken musste." In ihrer Jugend hatte sie eine Menge Dinge ausprobiert. Meditation, Yoga, Autosuggestion. Schließlich war sie zu der Erkenntnis gelangt, dass ein Bier genauso wirkte und dass ihr Inneres so heiter und gelassen war, wie es nur sein konnte. Sie hatte auch viel gefeiert, geflirtet, alles gut gegen Langeweile. „Ja, lieber Rudolph, es war ein langer Weg, bis ich der Mensch geworden bin, als den mich heute viele wahrnehmen. Man kann Freundlichkeit und Zugewandtheit lernen, so wie man Flöte spielen lernt oder Anatomie. Der eine boxt sich mit Gewalt zum Ziel, der andere versucht, Menschen für sich einzunehmen, um seine Ziele zu erreichen, um zu siegen. Allerdings gibt es Dinge, die kann man nicht erkämpfen. Die bekommt man geschenkt oder gar nicht. Einmal wollte ich nach Russland, hatte eigens einen Kurs in kyrillischer Schrift gemacht, dann kam Tschernobyl und ich schwenkte auf London um."

„Warst du mal auf dem Oktoberfest in München?" fragte Rudolph Jessica, um sie ein bisschen von den Darstellungen ihres Lebenswegs abzulenken. „Ja, zusammen mit meinen Studienkollegen Reinhold und Bianca. In einem Polyester-Dirndl habe dort mitgesungen, knallrotes Gummiboot, und in die Hände geklatscht. Sah, wie Reinhold sich unterm Tisch übergab und Bianca sich eine Unterhose über den Kopf zog. Bei diesem Bild musste man unweigerlich zu lachen beginnen. Aber das ist nicht meine Definition von Spaß, betrunken zu sein, Alkohol und Drogen mochte ich noch nie. Ich bin wahnsinnig gerne nüchtern. Lieber laut als langweilig. Wieso fragt man eigentlich immer nur diejenigen, die laut sind, wieso sie so laut sind und ob das Kompensation sei, und nie die Leisen, Langweiligen, wieso sie so leise und langweilig sind? Es ist immer auch in Teilen Kompensation, so expressiv und extrovertiert zu sein." Jessica sagte völlig aus dem Zusammenhang gerissen zu Rudolph und schaute ihm dabei in die Augen: „Ich bin kein Typ für den hinteren Sitz oder Beiwagen, ich will selber fahren, klar kann man sich abwechseln. Rudolph denkt sich: „Spritzig ist sie mit ihrem ansteckenden, sonnigen Gemüt. Sie hat das Glück, eine Frohnatur zu sein, die die Dinge annehmen kann, so wie sie sind." Rudolph fragte an diesem gemütlichen Abend auch nach Plänen für ein neues Buch. Jessica holte weit aus und antwortete mit einfühlsamen Worten. „Es ist so schön, dass du hier bist. Du gibst mir viel Kraft für meine eigene Arbeit. Obwohl ich in der Redaktion viel zu arbeiten habe und abends oft fix und fertig bin, habe ich mein liebstes Hobby nicht vergessen. Ich habe jetzt wieder meinen Enthusiasmus gefunden und eine andere Perspektive. Es ist schön, beim Schreiben einmal wieder in sich hineinzublicken und Erinnerungen hervorzukramen, um sie dann zu verwenden.

Meine ursprüngliche Idee war, folgende Situation zu schildern: Eine Frau verhört einen Mann, plötzlich wechseln die Perspektiven und die Frau wird zur Beschuldigten. Aber bei der Durchsicht meines gesammelten Materials, das ich zu einem neuen Buch fügen möchte, habe ich mich entschieden, eine Chronik zu schreiben. Ich schreibe über verschiedene europäische Epochen mit ihren Veränderungen im Laufe eines Dezenniums. Zwecks der umfangreichen Recherchen habe ich mir zu meinem Schreibblock in der Tasche jetzt auch ein kleines Diktiergerät zugelegt, um keine Details zu verlieren. Die Arbeit in der Buchbranche ist für mich beruhigend, stabil, zuverlässig und bereitet mir viel Freude." „Liebe Jessica, kannst du mir jetzt schon einige Einzelheiten zu einigen Themen des neuen Buches sagen, von welchen Vorstellungen du dabei ausgehen wirst?" „Aber natürlich kann ich dir dazu schon einiges sagen. Nehmen wir die Themen Europa und die Korruption im weltweiten Vergleich. Vieles funktioniert nicht mehr. Euro-Krise und Osterweiterung haben gezeigt, dass sich die Machtverhältnisse verschoben haben. Die politischen Gewinn- und Verlustrechnungen werden heute anders aufgemacht. Im Kampf um die Stabilisierung der Währung sind in Griechenland, Italien und Spanien Verletzungen zurückgeblieben, Verletzungen, von denen Politiker vor allem in Athen, Rom und Madrid glauben, dass sie ihnen von Deutschen zugefügt wurden, deren Kampf um Stabilität als egoistische Marotte empfunden wurde. Und dann sind da die Länder Mittel Osteuropas, wie die Visegrád-Staaten Polen, Ungarn, Tschechien und die Slowakei, mit ihren Erfahrungen jahrzehntelanger Dominanz sowjetischer Politik. Sie wollen ihre neue Souveränität in der EU ausleben. Die Russen betrachten den Westen als eine wuchernde Schlingpflanze, die frisst, was ihr in den Schlund gerät. Russland fühlt sich schwach, gedemütigt, seiner Größe und Bedeutung beraubt. Zum Thema Korruption im weltweiten Vergleich werde ich herausstellen, dass die Wirtschaft, die nach Profiten und großem Geld strebt, für Kriminalität besonders attraktiv ist. Es geht dabei immer wieder um klassische Straftaten: Schmiergelder, verschleppte Insolvenzen, Steuerhinterziehungen, Verstöße gegen Handelsgesetze und sonstige Betrügereien. Derlei betrifft das gesamte Spektrum der Ökonomie. Zum Schluss, so stelle ich mir mein neues Werk vor, gehe ich auch auf die Struktur des Kapitalismus ein. Ich bezweifle, in Anbetracht der Weltlage, dass der Kapitalismus ewig ein Wachstum an Vermögen bringen wird, irgendwann wird er zu Ende sein." „Liebe Jessica, deine Schilderungen begeistern mich immer wieder. Auch in meiner Kanzlei haben wir viel mit strafrechtlicher Vermögensabschöpfung zu tun. Der kriminelle Filz zwischen Auftraggebern und Ausführenden scheint undurchdringlich. Immerfort wird betrogen, geschludert, gestohlen. Liebe Jessica, ich wünsche dir von ganzem Herzen weiterhin viel Erfolg für deine schriftstellerische Arbeit", sagte Rudolph.

Im Laufe des Abends erkundigte sich Rudolph auch nach dem Gespräch, das die drei Freundinnen mit dem liebestollen Mitarbeiter Manfred führen wollten. „Wie ist denn die Auseinandersetzung mit dem Mann verlaufen? Erzählst du mir davon?" „Aber natürlich mach ich das, bist du etwa eifersüchtig auf diesen Typen?" Beide lachten. Jessica berichtete: In einem einstündigen, freundschaftlich geführten Gespräch hatten Hanna, Heike und Tina Manfred gesagt, dass sein Verhalten Jessica gegenüber unmöglich sei und nicht mehr so weitergehen können. Wenn er sich in seiner Verhaltensweise nicht ändere, hätte das unangenehme Konsequenzen für ihn. Manfred sagte: „Es ist meine unglückliche Liebe zu Jessica, die nicht erwidert wird." Die Freundinnen sagten: „Manfred, du bist wirklich ein süßer Typ, aber die Liebe wird von Jessica nicht erwidert und wie du weißt ist sie ja auch in einer festen Partnerschaft, da kannst du nichts machen. An einer unerwiderten Liebe festzuhalten, ist aussichtslos, suche Kontakt zu Freunden, widme dich deinen Hobbys, schaffe dir ein erfülltes Berufsleben. Wir möchten gerne mit dir weiterarbeiten, versprich uns, dass du dich jetzt unserer Chefin gegenüber korrekt und unvoreingenommen verhältst." Den Freundinnen war klar, dass Manfred ein in sozialen Belangen unbeholfener verschrobener Einzelgänger war, der ständig vor dem Computer saß und dadurch, jenseits des Computers, in soziale Isolation geriet. Vielleicht war er, so dachten sie am Ende des Gespräches, auch psychisch krank. Nach dem zurückweisendem Gespräch hatte er sich, so war gegenwärtig der Anschein, gut angepasst. „Ich habe Ruhe vor seinen Annäherungsversuchen erhalte auch keine anonymen Briefe oder Anrufe." „Jessica, das beruhigt mich sehr", sagte Rudolph. Es war schon spät in der Nacht, als sie schlafen gingen. Beide dachten: „Wo das Glück zu Gast ist, da gibt es keine Zeit."

Kurzurlaub in den Dolomiten

Im Herbst planten sie eine Reise in die Dolomiten. Sie freuten sich, nach dem kurzen und verkorksten Ostseeausflug, fernab vom Massentourismus einmal kühle Bergluft zu schnuppern, durch abgelegene Täler und Höhen zu wandern, Pilze zu sammeln und sich auf ein uriges Abendessen in den Bergen zu freuen. Es war schon sehr spät, als sie nach langer Anreise mit dem Auto und der Bewältigung vieler Bergkurven im italienischen Landhaus in den Dolomiten ankamen. Die hübsche, schlichte Unterkunft mit herzlichen Gastgebern war perfekt für alle, die gerne wandern oder Ruhe und Natur suchen. Obwohl es schon später Abend war, hatte Felicita, von der „Locanda della Trota" nebenan, ein Abendessen vorbereitet und beide waren glücklich, die köstliche Lasagne Sibillini mit Salsiccia, Zucchini und Mischpilzen kosten zu dürfen, gemischtes Fleisch vom Rost und natürlich auch Forellen aus dem klaren Bergbach. In diesem romantischen Ambiente sagte Jessica: „Ich bin so glücklich, dass wir uns eine kleine Auszeit genommen haben und hierhergefahren sind." Ein Lächeln glitt über sein Gesicht er sagte: „Du machst mich auch sehr glücklich damit, dass du Freude an unserer gemeinsamen Reise hast." Am nächsten Morgen brachen sie zeitig auf. Sie folgten einem schmalen Pfad eine Anhöhe hinauf, stapften abseits aller Wege durch Wälder und helle Lichtungen. Es leuchten die ersten goldgelben und rotbraunen Blätter einzelner Bäume in knalligen Farben und kündeten vom Einzug des Herbstes. Während Jessica und Rudolph fleißig beim Pilze sammeln waren, fragte Jessica: „Du, Rudolph, wo wir hier so viele Pilze finden, weißt du, ob es hier auch Trüffel gibt?" „Jessica, das ist mir nicht bekannt, wir werden heute Nachmittag unsere Gastgeber fragen. Auf jeden Fall steht außer Frage, wenn die Wälder herbstlich gefärbt sind und der erste Nebel über dem Hügelland liegt, ist die Zeit der magischen Trüffelsuche in Italien gekommen. Das Wort Trüffel verbindet man gedanklich oftmals mit den Regionen Piemont, Emilia Romagna, Umbrien und Toskana. Trüffelliebhaber schätzen es, wenn der Duft der zu verkaufenden edlen Knolle die Straßen vieler malerischer Städte und Dörfer erfüllt. Der hoch angesehene Pilz ist ein echter Genussartikel in der Gourmetküche."

Bei der Rückkehr zu ihren herzlichen Gastgebern stellten sie sofort die Frage nach dem Trüffelvorkommen in der Umgebung Die ermöglichten ihnen ein Zusammentreffen mit Raffaele Polini, einem Trüffelexperten, der sie am nächsten Tag mitnahm auf eine Exkursion in die Wälder. Zu der Verabredung war Raffaele nicht allein gekommen, seine zwei wichtigsten Begleiter waren Grace und Teppa, zwei Trüffelhündinnen, die er selbst abgerichtet hatte. Jetzt waren sie fünf und sechs Jahre alt. Bereits ab vier Jahren waren sie gut für die Trüffelsuche einzusetzen.

Raffaele schilderte die Entstehungsgeschichte der Trüffel und sagte: „Trüffeln werden seit über 200 Jahren weltweit angebaut, lassen sich in der Natur meistens in Laubwäldern finden.

Nur in der Symbiose mit speziellen Pflanzen produzieren die in der Erde vorkommenden Mykosen, das sind Pilze, den Trüffel, lassen ihn wachsen und reifen. Der Reifeprozess ist letztlich eine Frage von Minuten. Kommt man nur eine halbe Stunde früher an den Ort, kann es sein, dass die Hunde nicht anschlagen. Der im oberen Erdreich liegende Trüffel verströmt dabei je nach Sorte unterschiedliche Gerüche, die von dem Trüffelhund zuverlässig aufgespürt werden. Trüffelhunde sind, seit Trüffel erstmals angebaut wurden, im Einsatz und bleiben immer weiter zuverlässig auf der Spur. Anfangs hat man auch Schweine für die Suche genommen, die sind aber schwieriger zu erziehen und fressen die Pilze auch sehr gerne selber. Die Idee, Trüffelhunde für die Suche zu nutzen, lag also nahe, denn ohne den feinen Geruchsinn des Hundes wäre die Suche zumindest langwierig, wenn nicht sogar aussichtslos." Irgendwo am Wegesrand ließen sie das Auto stehen und gingen ein Stück auf einem Pfad in den lichten Mischwald. Die Plätze zur Trüffelsuche waren natürlich alle geheim niemals würden sie die Serpentinenstraßen und Waldwege wiederfinden. Sie folgten Raffaele und den Hündinnen, die im regennassen Unterholz des Laubwaldes verschwanden. Sie machten Jessica und Rudolph das Nachkommen im abschüssigen Gelände nicht einfach. Aber sie sahen, Grace schien fündig geworden zu sein. Mit der Vanga, einem speziellen Metallhaken, öffnete Raffaele vorsichtig die Erde. Schnell stand fest: Der Fund war sehr stattlich. 73 Gramm, sagte die Trüffelwaage und Grace erhielt natürlich gleich einige Wurststückchen zur Belohnung. Wenige Minuten später zeigte auch Teppa einen Fund an: ein guter Tag, wie es schien. Nach rund zwei Stunden Suche war Raffaeles Hüfttasche gut gefüllt, seine Augen leuchteten. Reich würde man mit Trüffelsuche und Verkauf nicht, erzählte Raffaele, der Naturwissenschaften studierte. Es sei die Liebe zur Natur, die für ihn das wichtigste Gut sei, er arbeite nebenbei in einer Umweltschutzorganisation und sei auch noch Falkner. Sie verabschiedeten sich in großer Herzlichkeit von Raffaele, verließen die Spuren des schwarzen und weißen Goldes. Der Weg führte sie weiter zu einer kleinen Bergbrücke hoch in den Dolomiten. Dort hängten sie, wie Teenager, ein mitgebrachtes Liebesschloss an das Geländer. Es war inmitten der Natur. Sie empfanden alles als sehr romantisch. „Warum lachst du?" „Ich lache, weil ich glücklich bin", antwortete Jessica. Sie spürten an diesem Ort die Geborgenheit der Zweisamkeit, die innige Nähe. Auch in den folgenden Urlaubstagen verbrachten sie gemeinsam eine romantische Zeit. Rudolph überreichte ihr täglich Rosen und schenkte ihr entzückende Ohrringe, die er bei der Dolomitenrundfahrt in Südtirol gekauft hatte. Gut erholt kehrten beide wohlbehalten wieder in die Hauptstadt Berlin zurück.

Bösartige Cyberattacken

Nach den schönen Urlaubstagen in den Dolomiten stürzte sich Jessica mit viel Schwung und Enthusiasmus in die Arbeit. Sie hielt Redaktionskonferenzen ab, besuchte führende Berliner Wirtschaftsmanager zwecks aktueller Interviews. Durch ihren Kopf schwirrten redaktionell zu bearbeitende Kolumnen für das E-Paper des Wirtschaftsmagazins. Auch Rudolph empfand wieder Freude daran, in der Anwaltskanzlei aktiver zu wirken, obwohl er die Geschäfte der Kanzlei immer mehr in die Hand seines Sohnes Hans gelegt hatte, der sich auf dem Platz im Chefsessel wohlfühlte und eine gute Arbeit leistete. Hans und Rudolph saßen in der Kanzlei zusammen. Sie analysierten den Tatbestand eines Mandanten im internationalen Strafrecht. Sie stellten fest, dass die Kanzlei immer häufiger im konkreten Mandat mit internationalen Fragestellungen konfrontiert wurde. Sie hatten Berührungspunkte mit der ausländischen Rechtsordnung im Rahmen der Rechtshilfe ebenso wie bei Ermittlungen gegen multinationale Unternehmen. Hierzu bedurfte es detaillierter Fachkenntnis, um den Anforderungen kompetent und effektiv zu begegnen. Im Zeitalter der Globalisierung gewann das internationale Strafrecht immer mehr an Bedeutung. Hans machte ein ernstes Gesicht und sagte:

„Lieber Papa, ich würde sehr gerne meine Kenntnisse im internationalen Strafrecht erweitern, das wäre für unsere Kanzlei sicherlich auch von Vorteil. Ich möchte dich fragen, ob du damit einverstanden bist, wenn ich jetzt im Winter bis zum Frühjahr an der University California nach Los Angeles reise und zu Fragen des internationalen Strafrechtes hospitiere. Wie du weißt, habe ich schon lange einen guten Kontakt zu dieser renommierten Universität." Rudolph überlegte und lächelte, dann sagte er: „Lieber Hans, ich freue mich immer wieder über deine vielen Ideen, die du in die Kanzlei einbringst, selbstverständlich stimme ich deinem Wunsch zu und übernehme für diese Zeit wieder die volle Geschäftsführung." Hans freute sich sehr und begann sofort mit der Organisation seines Studienaufenthaltes. Etwas Furchtbares passierte, als Rudolph Bachmann mit ein paar Zeitungen unterm Arm in der Kanzlei erschien und seinen Mitarbeitern einen guten Tag wünschte. Er war wie immer elegant gekleidet und ging gut gelaunt in sein Büro. Etwa zur selben Zeit öffnete Rechtsanwalt Wilken in der Kanzlei eine E-Mail, die sich auf einen zitierten, echten Geschäftsvorgang bezog. Die Nachricht stammte scheinbar von einem Geschäftspartner und forderte dazu auf, die Daten im angehängten Word-Dokument auf juristische Genauigkeit zu kontrollieren und bei Bedarf zu ändern. Beim Öffnen des Dokuments erschien eine gefälschte Fehlermeldung, die dazu aufforderte „Enable Editing" anzuklicken. Dieser Aufforderung kam Wilken nach – und das Unheil nahm seinen Lauf. Im Hintergrund infizierte das Programm Emotet sein Windows-System. Emotet war ein Einbruchswerkzeug, das mit einem erfundenen Dynamit-Phishing an existierende Kommunikationsbeziehungen anknüpfte und damit Funktionen nachladen konnte. Die von Emotet erfundenen Dateien erhielt das Opfer scheinbar als Antworten auf eigene Mails, deren Inhalt Emotet zuvor aus anderen Systemen gestohlen hatte. Diese Trojaner-Mails waren so gut gemacht, dass man davon ausgehen musste, dass selbst gut geschulte Mitarbeiter früher oder später darauf reinfallen konnten.

Emotet begann sofort, sein Unwesen im Netz der Anwaltskanzlei zu treiben. Wilken sah auf seinem Bildschirm ein großes rotes Dreieck aufblinken, das war eine Virenwarnung, wie er sie noch nie gesehen hatte. Er veranlasste bei der IT-Abteilung des Hauses eine Erklärung. Die Kollegen sagten ihm, das System melde eine Schadsoftware, der Virus sei schon in Quarantäne. Sie sollten sich irren. Das Programm verbreitete sich rasant im Netzwerk der Kanzlei. Es infizierte alle Windowsrechner und lud weitere Funktionen nach. Bald schon passierten merkwürdige Dinge im Netzwerk, so gab es verdächtige Zugriffe auf ein Verzeichnis mit Prozessakten und notariell beglaubigten Vertragsabschlüssen. Dr. Meinhard war ein IT – Spezialist, der als Administrator in der Kanzlei arbeitete. Er war der Sicherheitsexperte, der sich auf den Schutz von System und Netzwerken spezialisiert hatte. Oberste Priorität hatte für ihn die Vermeidung von Sicherheitslücken, die oft erst im Nachhinein geschlossen werden konnten. Er befasste sich in der Kanzlei hauptsächlich mit dem Datenschutz der Geschäftsprozesse und, je nachdem, mit dem Schutz der Nutzer-, Kunden- und Verbindungsdaten. Dr. Meinhard entdeckte, dass es bereits höchst verdächtige Zugriffe auf den Domain Controller des Active Directory gab, also auf den Verzeichnisdienst, der in Windows-Netzen unter anderem die Zugangsberechtigungen verwaltet. Er meldete sich sofort im Büro von Dr. Bachmann. Bachmann reagierte hoch alarmiert. Dr. Meinhard berichtete dem Chef: „Wir haben als Erstes versucht, die Verbindung des Programms mit seinen Kommandoservern irgendwo im Internet zu unterbinden, dennoch kamen ständig neue Emotet-Verbindungen hinzu. Wir reagierten schnell darauf und entschieden uns für einen kompletten Lock down. Zu diesem Zeitpunkt wurde die Internet-Verbindung für alle betroffenen Netze komplett gekappt, das heißt wir haben die infizierten Rechner alle komplett außer Betrieb genommen. Auch die anscheinend sauberen Windows-10-Rechner kamen nicht mehr mit anderen Netzen oder gar dem Internet in Verbindung, weil es sich als aussichtslos erwiesen hat, alle Emotet-Aktivitäten lückenlos zu dokumentieren und wir kein Risiko einer erneuten Infektion, etwa durch eine übersehene Backdoor, eingehen wollten." Der Administrator teilte Rudolph Bachmann mit: „Es sieht ganz danach aus, als ob die Täter uns mit dieser Cyberkriminalität erpressen wollen." „Wie kommen Sie denn darauf?", erwiderte Bachmann. „Darauf lässt das Prinzip des Vorgehens schließen. Sie verschicken eine E-Mail mit einem infizierten Anhang. Öffnet der Nutzer ihn, installiert er versteckte Software und lädt automatisch weitere Funktionen über das Internet nach, zum Beispiel einen Verschlüsselungsmechanismus, der wichtige Dateien wie Dokumente und Datenbanken, E-Mail-Verzeichnis und Fotos unlesbar macht. Alternativ funktioniert das auch über eine präparierte Website. Ist die Arbeit beendet, hinterlassen die Kriminellen eine Nachricht, in der sie für die Freigabe der Daten ein Lösegeld verlangen, zu zahlen in der Kryptowährung Bitcoin, deren Spuren sich leicht verwischen lassen. Die Banden kundschaften zunächst die Firmen-Informationstechnologie aus. Dann schleusen sie die passende Schadsoftware ein und verschlüsseln gezielt wichtige Daten. Die Kriminellen orientieren ihre Forderungen am geschätzten Umsatz der Firma. Das Bedrohliche daran ist, dass das keineswegs nur Großkonzerne oder Banken trifft, sondern alle möglichen Firmen und Branchen: Autohändler und Verlage genauso wie Stadtverwaltungen und Krankenhäuser. Und viele davon sind auf Gefahren dieses Kalibers nur unzureichend vorbereitet." Bachmann sagte: „Das ist ja furchtbar." Er fragte Dr. Meinhard: „Liegt schon eine Lösegeldforderung an uns vor?" Meinhard verneinte: „Ich gehe davon aus, dass wir die Täter frühzeitig mit unseren ersten Maßnahmen gestört haben." Rudolph fragte weiter: „Wie werden wir jetzt unsere Gegenwehr aufbauen?" Meinhard antwortete: „Ich möchte vorschlagen, dass wir externe Hilfe hinzuzuziehen und mit weiteren spezialisierten Administratoren zusammenarbeiten." Konkret arbeiteten bereits einen Tag später mehrere Forensiker und Incident-Response-Spezialisten gemeinsam mit Dr. Meinhard und weiteren Administratoren daran, die Vorgänge aufzuklären und so schnell wie möglich wieder einen normalen IT-Betrieb aufzunehmen, ohne dabei eine erneute Infektion zu riskieren. Darüber hinaus wurde auch das Sicherheitskonzept auf den Prüfstand gestellt und es wurden Konzepte erarbeitet, wie man solch einen IT-GAU zukünftig verhindern konnte. Nach der Stilllegung aller betroffenen Komponenten entschloss sich das Spezialistenteam, ein komplett neues Netz mit neu aufgesetzten Rechnern und einem neuen Active Directory hochzuziehen. Dabei wurden auch gleich neue, verschärfte Sicherheitsmaßnahmen umgesetzt, die eine vergleichbare Eskalation zukünftig unterbinden oder doch deutlich erschweren sollten. Existierende Daten, Werkzeuge und Ähnliches wurden unter größter Vorsicht Schritt für Schritt in dieses neue Netz übertragen. Mit diesen Maßnahmen konnte mittlerweile die Arbeitsfähigkeit in der Kanzlei weitgehend wiederhergestellt werden, doch es würde noch einige Wochen dauern, bis dieser Prozess vollständig abgeschlossen war. Eine gezielte Suche lieferte bisher keine Anzeichen für Verschlüsselungs-Trojaner und manuelle Interaktion mit den infizierten Systemen. Es sah bisher ganz so aus, als hätte der Lock down der Netze diese Eskalation noch rechtzeitig unterbunden.

Nach dem ersten Schreck kehrte jetzt langsam etwas Ruhe ein, auch deshalb, weil sich die Anzeichen verdichteten, dass der ganz bittere Kelch gerade nochmal an der Kanzlei vorbei gegangen war. Als Chef der Anwaltskanzlei meldete Rudolph Bachmann den Vorfall der zuständigen Datenschutz-Aufsichtsbehörde, wie es die Datenschutz-Grundverordnung der EU fordert. Darüber hinaus wurde der Vorfall bei der Polizei zur Anzeige gebracht. Auch Geschäftspartner wurden über die Cyberkriminalität mit dem gesteigerten Risiko von Trojaner-Mails informiert. Bald darauf meldete sich Rudolphs Freund Ernst Wiederhold und erzählte ihm, dass er auch von einer Cyberkriminalität im Immobiliengeschäft betroffen war und bat um juristischen Beistand, den Rechtsanwalt Bachmann umgehend gewährte. Innerhalb der Kanzlei führten Rechtsanwalt Rudolph Bachmann und Dr. Meinhard zusammen mit allen Mitarbeitern der Kanzlei und den herangezogenen IT- Spezialisten ein Meeting durch. Es wurde viel geredet und diskutiert. Es gab keine Augenhöhe mehr. Das machte die Nutzer anfällig für Manipulation und verletzlich, was Sicherheitsfragen anging. Während auf der einen Seite die Risiken des gesamten Digitalisierungsprozesses immer klarer benannt wurden, schritt auf der anderen Seite der Prozess selbst unaufhaltsam voran. Die Kriminellen hatten die Wirtschaft als lukratives Betätigungsfeld entdeckt. Andere Firmen in Berlin wurden auch attackiert. Wer hätte gedacht, dass die Netzwerkplattformen, die der digitalen Kommunikationsförderung auf allen Ebenen dienten, so viel Hass, Mobbing, Isolation und Manipulation produzieren würden? „Diese Aktion unterstreicht", so äußerte sich Rechtsanwalt Bachmann abschließend, „wie wichtig es ist, dass wir aufmerksam und wachsam sind und noch mehr in die digitale Infrastruktur der Anwaltskanzlei investieren müssen." Rudolph Bachmann ließen die Cyberangriffe auf seine Kanzlei keine Ruhe. Er wollte unbedingt herausfinden, wer hinter diesen Machenschaften steckte. Es verging einige Zeit, bis er sich mit dem Landeskriminalamt in Berlin in Verbindung setzte und von Hauptkommissar Lehmann einen Termin für ein Gespräch erhielt. Hauptkommissar Lehmann empfing Dr. Bachmann sehr freundlich und sagte: „Sie haben Glück, wir konnten einen Großteil der Berliner Cyberangriffe aufklären und feststellen, dass auch Ihre Kanzlei von diesen Tätern betroffen war." Der Hauptkommissar berichtete: „In der Christburgerstraße im Prenzlauer Berg erkundeten unsere IT-Spezialisten, die in die kriminalpolizeiliche Arbeit verstärkt eingebunden waren, eine Lagerhalle, welche zu einem speziellen Rechenzentrum umgebaut war. Bei der sofort eingeleiteten Razzia wurden fünf verdächtige Personen festgenommen, die gerade dabei waren, über gehostete Server Cyberangriffe zu verüben. Den Leiter dieser kriminellen Organisation konnten die Ermittler wenig später in Berlin-Pankow auf der Sparkasse verhaften und der Justizbehörde vorführen. Es handelte sich dabei um einen 56-jährigen Belgier, einem Cyberkriminellen, der das Rechenzentrum bereits seit 2004 sukzessiv aufgebaut hatte. Dem Kriminellen wurden insbesondere in Berlin groß angelegte Cyberangriffe, Steuerdelikte, die Mitgliedschaft in einer kriminellen Vereinigung, sowie Beihilfe zu mehreren Drogendelikten und weitere Straftaten vorgeworfen." Rudolph Bachmann war über die Mitteilungen des Hauptkommissar sehr erleichtert, denn jetzt wusste er, durch welche Machenschaften seine Kanzlei betroffen war und dass kein Zusammenhang zwischen der Kanzlei und seinem Klientel bestand. Bachmann bedankte sich bei Hauptkommissar Lehmann. Er verließ das Landeskriminalamt mit dem festen Vorsatz, das digitale Sicherheitskonzept der Kanzlei als einen zentralen Schwerpunkt seines Unternehmens zu organisieren.

Magnetische Anziehungskraft

Der Winter war lang, kalt und ungemütlich. Rudolph kam beinahe jeden Tag mit anderen Überraschungen nach Hause, um Jessica bei der vielen Arbeit und winterlichen Tristesse bei guter Laune zu halten. Sie sagte dann immer wieder zu ihm: „Du bietest mir so viel wie noch nie kein anderer. Alles ist so neu und anders, aber wunderschön." Besondere Höhepunkte ihrer winterlichen Freizeitgestaltung waren Konzert-, Theater-, Museums- und Restaurantbesuche in der Stadt. An einem milden Wintertag im Februar besuchten sie die Galerie im Turm, die sich im Bezirk Friedrichshain-Kreuzberg befindet. Sie schauten sich hier die Ausstellung zeitgenössischer Kunst an, Bilder, die meistens von in Berlin lebenden Künstlern stammten. Die Künstler und Künstlerinnen untersuchten die Beziehungen zwischen Mensch und Umwelt. Im Rahmen ihrer Galeriearbeit beschäftigten sie sich unter anderem mit Themen wie Queerness, Feminismus oder Spiritualität. Jessica und Rudolph waren von diesen, von der sogenannten Normalität abweichenden, modernen Geschlechterdarstellungen begeistert und verbrachten hier eine lange Zeit. Aber auch Winterausflüge in die Natur unternahmen die beiden. Sie wanderten am westlichen Stadtrand zum Grunewaldturm, der hoch über den Ufern der Havel steht. Der Turm ist 100 Jahre alt und wurde zur Erinnerung an den 100. Geburtstag von Kaiser Wilhelm I. errichtet, auch heute noch imponiert er als ein Kleinod verspielter Backsteinarchitektur. „Wollen wir da wirklich hinaufklettern? fragte Jessica Rudolph, „es gibt keinen Fahrstuhl, ich würde es gerne machen, aber nur wenn du mitkommst." Wegen der Aussicht und der ungewöhnlichen Architektur, für die besonders Rudolph schwärmte, nahmen sie die Strapaze auf sich und erklommen die 204 Stufen bis zu der in 36 Meter Höhe befindlichen Plattform. Ihre Anstrengungen wurden belohnt. Es eröffnete sich ein weiter Blick über die Havel und den winterlichen Grunewald. Nach dem Abstieg stärkten sie sich im Restaurant am Fuße des Turmes für den Beginn eines langen Spaziergangs entlang der Havel durch den winterlichen Wald.

Einen unvergesslichen Höhepunkt im Berliner Winter bildete auch ein Klassikkonzert im Schloss Charlottenburg. Es erwartete sie hier, ganz im Zeichen einer majestätischen Verbindung zwischen Kunst und Kulinarik, eine besondere Kombination von Konzert und Galamenü. In der geschmückten großen Orangerie des Schlosses spielte das Berliner Residenz Orchester meisterhafte Kompositionen von Bach und Vivaldi, deren Werke über Jahrhunderte nichts an Strahlkraft und Faszination verloren haben. Im Anschluss daran erfolgte ein Eventdinner mit preußischem Flair. Jessica und Rudolph genossen diesen Abend sehr, sie sahen sich tief in die Augen und meinten: „Uns geht es doch gut, genießen wir diese zauberhafte Atmosphäre." Er zog sie an sich und küsste sie. Sie freuten sich auf das königliche Dinner aus der Schlossküche, genossen köstliche Kreationen eines Drei-Gänge-Menüs in barocker Atmosphäre, bei Kerzenschein und musikalischer Begleitung von einem Solisten des Orchesters. Als sie am späten Abend wieder zu Hause ankamen, wollten sie noch nicht zu Bett gehen. Sie machten es sich bequem, Jessica in ihrem Schaukelstuhl und Rudolph in dem Sessel neben der Couch, und gönnten sich einen edlen Rotwein. Rudolph plauderte so vor sich hin: „Wir genießen eine zauberhafte, magische Liebe, die frei von Konflikten, frei von Abhängigkeit ist. Es ist beglückend und lebensverändernd." Er sagte zu Jessica: „Ich erinnere mich noch gut daran, wie wir uns kennenlernten. Es war auf außergewöhnliche Weise. Schon der erste Blickkontakt löste mit magnetischer Anziehungskraft bei mir ein intensives Gefühl der Zusammengehörigkeit aus. Plötzlich bringt man sich ein gegenseitiges Vertrauen entgegen, auch wenn man sich noch fremd ist, aber ich glaube, wir haben beide sehr schnell gespürt, dass wir eine starke Verbundenheit miteinander haben." Jessica sagte: „Schon unser erstes Treffen war schön, ich fühlte mich wohl in deiner Gegenwart. Das war keine Aufregung, gar keine Euphorie, sondern tiefe Ruhe. Wie ein kleiner See an einem sonnigen Frühlingsmorgen. Du hattest viel Ruhe ausgestrahlt, und ich durfte diese Ruhe genießen. Dann kamst du zu mir und das waren die schönsten Tage, die ich seit Jahren hatte, wir beide entwickelten stärkere Gefühle füreinander. Du hast es geschafft, in so einer kurzen Zeit mir so viel Zärtlichkeit zu schenken, wie ich noch nie in ganzen 20 Jahren bekommen habe. Wir kuschelten und schmusten innig miteinander, auch wenn wir jegliche sexuellen Handlungen zunächst ausgeschlossen. Das war wunderschön, und erst dann habe ich tatsächlich gespürt, wie sich Intimität anfühlt. Ich bin unendlich dankbar, dass ich dich kennenlernen durfte, obwohl ich nichts und niemanden gesucht habe. Es war für mich ein magischer Moment, ein Wendepunkt, ein Richtungswechsel. Es hat sich in meinem Leben etwas verändert. Dramatisch nach außen und leise im Inneren. Unsere Beziehung, lieber Rudolph, führte mich wieder an die Quelle meiner Kraft und Lebensfreude und zeigt mir, welche Energie in uns steckt und wie wir diese immer wieder hervorholen können, auch und gerade in Krisenzeiten. Ich danke dir für die wunderbare Zeit, ich werde sie nie vergessen." Sie umarmten und küssten sich ganz herzlich. Sie fühlte sich wie in Watte gebettet schwerelos glücklich. „Möchtest du noch etwas trinken, zum Beispiel Champagner, zur Feier des Tages?" Rudolph erklärte leidenschaftlich: „Liebe Jessica, ich liebe dich, ich brauche dich, du musst es doch auch fühlen. Vom ersten Augenblick an, an dem ich dich sah, wusste ich, du bist etwas ganz Besonderes. Mir ist so, als ob ich dich schon ewig kenne. Ich weiß nur, dass du mich glücklich machst." Jessica dachte: „Hier sitzt ein Mann, der meine inneren und äußeren Werte erkannt hat, so, wie ich sie verdiene." Ein Lächeln glitt über ihr Gesicht und sie sagte: „Das ist wunderbar, du machst mich auch glücklich, sogar sehr." Sie schauten sich tief in die Augen. Sie sprachen über ihre weitere Zukunft und fanden es auch gut, dass Rudolph seine Arbeit in der Kanzlei für die Zeit, in der Hans in den Staaten weilte, wieder voll aufnahm. Mitternacht war längst vorbei, als sie nach reichlich geflossenem Rotwein schlafen gingen. Rudolph sagte schlaftrunken: „Manche Menschen sind Lerchen, andere Eulen, wir sind weder das eine noch das andere, aber heute war ein ganz besonderer, schöner Tag, da spielt der Zeitpunkt des Schlafengehens keine Rolle."

Düppeler Forst

Im Frühjahr, als Hans mit seiner Frau von seinem Studienaufenthalt in den USA zurückkam, unternahmen sie zu viert eine Wanderung zum im Südwesten Berlins gelegenen Düppeler Forst, von hier aus brachen sie auf zum Vier-Seen-Wanderweg vom Griebnitzkanal über Stölpchensee und Griebnitzsee bis hin zum Wannsee. Sie erfreuten sich an der erwachenden Natur und kehrten nach längerem Marsch in eine Fischerhütte am See ein. Der Kellner schleuderte eine Platte mit gebratenen Forellen auf den Tisch. Jessica lud die Teller voll und sagte guten Appetit. Nachdem sie eine Portion Gräten beiseitegelegt hatten, meinte Hans: „Das sind wirklich urige Fischlokale hier am See, kaum zu glauben, dass in der unmittelbaren Umgebung der Hauptstadt Berlin so ein Ambiente besteht. Wir sollten solche gemeinsamen Ausflüge doch öfter unternehmen." Begeistert stimmten ihm Jessica, Daria und Rudolph zu. Sie entwickelten den Plan, im Frühsommer eine Wanderung am Wannsee mit anschließendem Picknick zu machen. Hans erzählte noch von seinen Erlebnissen in Kalifornien, dann wanderten sie gut gelaunt weiter und verbrachten zusammen noch eine schöne Zeit, am Abend verabschiedeten sie sich voneinander.

25. Jubiläum der Anwaltskanzlei

Sommer in Berlin. Das sind lange Sonnentage an den Seen, in Gärten, in den Parks der Stadt, in denen man picknicken und gut entspannen kann. Der Aufenthalt in der wärmenden Sonne, die auch den Vitamin-D-Vorrat wieder auffüllt, ist angenehm. Neben Musikfestivals und Konzerten auf Open-Air-Bühnen wie der Waldbühne und der Parkbühne Wuhlheide machen auch die kleineren Kiezfeste den Berliner Sommer zum Erlebnis. Es ist lange hell und man kann auch abends noch im T- Shirt durch die Stadt laufen. Jessica und Rudolph saßen nach einer Paddeltour auf dem Schlachtensee mit Hans und Daria im Biergarten, sie besprachen ein wichtiges Thema: das 25-jährige Jubiläum der Anwaltskanzlei. Das Jubiläum sollte als ein Sommerfest rund um die Fischerhütte am Schlachtensee stattfinden. Die Organisation hatte Hans übernommen. Er berichtete im Biergarten über den Stand der Vorbereitungen und sagte: „Ich habe bei den verschiedenen Leistungsträgern ein Gesamtpaket gebucht, das hoffentlich auch euren Erwartungen entspricht." Nach Erläuterung verschiedener Einzelheiten zu dieser Veranstaltung waren alle der Ansicht, dass es eine angemessene repräsentative Jubiläumsfeier werden würde. Die Fischerhütte hatte im Außenbereich eine separate Terrasse, die überging in eine direkt am See liegende Gartenanlage mit kleinen Gartentischen und -stühlen. Bei gutem Wetter ideal für die vorgesehene Festveranstaltung. Am Schlachtensee, wo sonst bei gutem Wetter tagsüber T-Shirts und Shorts das Bild prägten, versammelten sich rund um die Fischerhütte Männer in modernen Anzügen und Frauen in Kostümen. Es hatten sich zur Feier des Jubiläums mehr als 40 geladene Gäste eingefunden, Geschäftspartner, Klienten und Freunde, die ihren Platz einnahmen. In der ersten Reihe vor dem Rednerpult saßen Hans, Daria und Jessica mit ihren drei Freundinnen. Manfred aus dem Team der Redaktion war nicht eingeladen worden. Weder Hans noch Rudolph kannten ihn persönlich, so dass auch kein Grund zur Einladung bestand. Rudolph machte es sich in der hinteren Stuhlreihe in der dicht am Waldesrand gelegenen Anlage bequem, er hatte so einen kompletten Blick auf seine Gäste und das Rednerpult. Rudolph zog sein dunkelblaues Jackett aus, das er über den neben ihm stehenden Gartenstuhl hängte. Bei herrlichem Sommerwetter war die Stimmung hervorragend. Hans eröffnete die Jubiläumsfeier mit herzlichen Worten und stellte den Gastredner Herrn Prof. Vogt vor. Er war ein gemütlicher Typ, der gute Stimmung verbreitete. Ein guter Redner, der in bester Laune über lustige aber auch ernste Ereignisse mit und in der Kanzlei berichtete. „In der Anwaltskanzlei Rudolph Bachmann bin ich damals als Student freundlich aufgenommen worden, habe sehr viel gelernt und später hier auch als Referendar gearbeitet." Gefallen hatte es ihm, dass es in der Kanzlei nicht immer bierernst zugegangen war. Als legendär empfand er die Kabarettdarbietungen der Sekretärinnen zur Weihnachtszeit und alljährliche Betriebsausflüge. Mit großer Freude habe er das starke Unternehmenswachstum der Kanzlei miterlebt. Er berichtete, dass sich die Kanzlei zu einer der führenden Berliner Anwaltskanzleien entwickelt hatte und das bei starker Konkurrenz, laut Rechtsanwaltskammer waren in Berlin 14.000 Rechtsanwälte zugelassen. Fast 3000 davon waren als Fachanwälte spezialisiert. Sie saßen in den Gerichten, traten als hervorragende Verteidiger auf, die ihr Handwerk verstanden. Prof. Vogt sprach auch über die Spezialisierung der Kanzlei i auf internationales Wirtschaftsstrafrecht. Abschließend gratulierte er noch einmal mit herzlichen Worten zum Jubiläum, verbunden mit allen guten Wünschen für eine weitere erfolgreiche Tätigkeit. Als Nächstes trat Rudolph in seinem strahlendweißen Hemd an das Podium. Er gab, so wie er sich als Chef positionierte, eine ordentliche Figur ab. Er sagte: „Meine sehr verehrten Damen und

Herren, im Namen der Geschäftsleitung und in meinem Namen begrüße ich Sie alle sehr herzlich zur Feier des 25sten Jubiläums unserer Kanzlei. Wir freuen uns, dass Sie heute dieses Jubiläum mit uns feiern und damit Ihre Verbundenheit und Ihr Vertrauen zur Kanzlei zum Ausdruck bringen. Es ist ein Jubiläum, das uns stolz macht. Wir blicken auf erfolgreiche Geschäftsjahre zurück. Den Mitarbeitern und Mandanten möchte ich an dieser Stelle ganz besonders danken für die gute Zusammenarbeit.

Die Orientierung an den Mandanten und ihren Bedürfnissen prägten stets die Entwicklung und das Handeln der Rechtsanwälte unserer Kanzlei. Treffend wird dies zusammengefasst im heutigen Unternehmensleitbild: Unser oberstes Ziel ist der Erfolg unserer Mandanten." Bachmann berichtete über juristische Gesetzgebungen wie das Verbraucherschlichtungsgesetz und andere für die Praxis wichtige neue Gesetze, die zu kennen auch für die Klientel der Kanzlei wichtig war. Er ging auf die zukunftstreibende Digitalisierung ein und sagte: „Die richtige Zukunftsstrategie besteht heute in mechanisch perfekten Maschinen, einem guten Service mit umfassender Kundenberatung und dem Ausschöpfen der mit der Digitalisierung verbundenen neuen Möglichkeiten." Rudolph Bachmann wies auf die in Zukunft von der Kanzlei vertretenen Schwerpunkte hin. Er beendete seine Rede mit den Worten: „Liebe Freunde, lassen Sie uns jetzt das Firmenjubiläum im gebührenden feierlichen Rahmen begehen. Ich wünsche Ihnen viel Spaß und Freude dabei." Während der Rede von Rudolph Bachmann bemerkte keiner den Mann, der sich durch das dunkle Unterholz sichtgeschützt der Veranstaltung näherte. Er setzte sich am Rande des Unterholzes auf eine Bank und beobachtete die Gäste der Jubiläumsfeier, langsam ging er in einem wackeligen Gang, der durch viel zu große Schuhe, die er anhatte bedingt war, zur hinteren leer stehenden Stuhlreihe, setzte sich neben den Stuhl, auf dem das Jackett von Rudolph einsam und verlassen hing. Er legte seinen rechten Arm über die Stuhllehne, blitzschnell griff er in die linke Brusttasche des Jacketts, hantierte kurz darin. Anschließend blieb er noch einen Augenblick auf seinem Stuhl sitzen, hörte der

Rede von Rudolph Bachmann zu, dann verschwand der Mann unauffällig im Wald am Schlachtensee, nahm das im Unterholz versteckte Fahrrad und fuhr davon.

Nach Beendigung seiner Rede ging Bachmann zurück auf seinen Platz, zog sein Jackett wieder an und trank einen Schluck aus dem vor ihm stehenden Weinglas. Jessica dreht sich aus der ersten Reihe nach ihm um und lächelte Rudolph aus der Ferne zu. Nur eine halbe Stunde danach, Hans erläuterte den Gästen gerade die weitere Programmgestaltung, fühlte sich Rudolph Bachmann plötzlich unwohl, wurde von einem Schwindelgefühl ergriffen. Er war ganz blass geworden, Schweißperlen standen ihm auf der Stirn. Er sagte zu Jessica, die inzwischen herbeigeeilt war: „Mir ist auf einmal so schlecht. Was ist das?" Alles dreht sich, dann fasste er sich an die linke Brustseite, bekam Atemnot und wurde bewusstlos. Jessica rief: „Wir brauchen einen Arzt, schnell, schnell, schnell!" Dr. Frenzel, ein Mandant der Kanzlei und Arzt in freier Praxis, der auch zu den Jubiläumsgästen gehörte, begann sofort mit der Ersten Hilfe. Polizei, Notarzt und Krankenwagen waren schnell da. Zu diesem Zeitpunkt gab Rudolph noch schwache Lebenszeichen von sich. Die Rettungskräfte kümmern sich intensiv um Rudolph, der um sein Leben kämpft. Sie legten eine Infusion an, gaben Sauerstoff, es gelang, ihn transportfähig zu machen. Dann trugen sie ihn in den Rettungswagen. Der Rettungswagen raste zum Krankenhaus nach Zehlendorf. Dort bekam Rudolph einen Herzstillstand, jede Hilfe kam zu spät, wenig später verstarb er.

Der Tod von Rudolph Bachmann löste große Bestürzung aus. „Das kann doch nicht wahr sein, was ist hier geschehen?", fragte man sich im gesamten Umfeld der Jubiläumsgäste. „Was gibt es da für einen Hintergrund? Er war doch eben noch so gut gelaunt, hatte eine dynamische und sehr informative Rede gehalten. Was ist passiert, dass so schnell sein Tod eingetreten ist?" Jessica sagte mit schmerzverzerrtem Gesicht: „Rudolph erleidet plötzlich einen Herzanfall, obwohl das EKG und die Herzschrittmacherkontrolle vor einer Woche okay gewesen waren. Das kann es nicht gewesen sein. Das ist kein natürlicher Tod." Sie war schockiert, konnte sich nicht mehr konzentrieren. Ihre Gedanken rasten, Rudolph tot, das konnte nicht sein. Jessica forderte eine rechtsmedizinische Untersuchung. Die Festlichkeiten zum 25-jährigen Jubiläum der Anwaltskanzlei Rudolph Bachmann wurden abgebrochen. Der Kundenverkehr wurde Montag und Dienstag abgesagt. Am Dienstag konnten die Mitarbeiter frei entscheiden, ob sie zu Hause bleiben wollten. Es würde einige Zeit brauchen, bis das Ereignis verarbeitet war. Die Betroffenheit war sehr groß. Der Obduktionsbefund in der Rechtsmedizin lautete: Einsetzen des Todes durch Aussetzen des Herzschrittmachers, Schädigungen an den Elektroden des Gerätes sichtbar. Keine organischen Schäden im Sinne eines Multiorganversagens. Die Herzschrittmacherkontrolle ergab eine regelrechte Aggregatfunktion bei ausreichender Batteriespannung. Die genauen Daten wurden von einem Herzspezialisten an Hand eines Kontrollausdrucks überprüft und keinerlei Unregelmäßigkeiten in den Funktionsabläufen festgestellt. Es war völlig unklar, wie es zu einem Funktionsausfall des Herzschrittmachers kommen konnte. Die Herzschrittmacherimplantationswunde gab auch ein Rätsel auf. Es fanden sich in diesem Bereich Rötungen, Hautschwellungen und Quetschungen. Diese Veränderungen hatten bei der Kontrolluntersuchung vor einer Woche nicht bestanden. Handelte es sich um eine Verbrennung oder gar eine Infektion? Die Rechtsmediziner wollten prüfen, ob es möglicherweise irgendwelche Störquellen gegeben hatte, die einen akuten Einfluss auf das Gerät bewirkten. Trug er weitere elektronische Geräte an seinem Körper? Hatte er irgendein Medikament in unverträglicher Dosis zu sich genommen? Es dauerte einige Zeit, bis die Rechtsmediziner sich genauer auch mit der Kleidung des Opfers befassten. In einer linken kleinen Seitentasche des dunkelblauen Jacketts, die sie zuvor übersehen hatten, entdeckten sie ein stoffähnliches Klebeband mit einem dunkelblauen Knopf, der offensichtlich als Ersatzknopf für den Anzug angesehen wurde. Sie lösten das Klebeband von der Jackettinnenseite und machten die überraschende Feststellung, dass auf dem Klebeband kein Knopf, sondern ein ähnlich wie ein Knopf aussehender Permanentmagnet mit einem starken Magnetfeld befestigt war. Dieser dunkelblau gefärbte Magnet in der linken Brusttasche, sehr nah am Herzschrittmacher positioniert, war eindeutig als Störquelle anzusehen und erklärte den schnell eingetretenen Tod. Damit hatten sich die Dinge gedreht. Ermittlungsbeamte des Berliner Landeskriminalamtes nahmen unverzüglich die Arbeit zur Täterermittlung auf.

Hauptkommissar Beckmann und die Ermittlungen

Hauptkommissar Beckmann war 56 Jahre alt, trug Kapuzenpulli und Jeans. Seine große Leidenschaft war die Ermittlungsarbeit und dafür hatte er ein Netz aus Informanten wie kein anderer. In der Lagebesprechung seines Ermittlerteams erklärte er zunächst die vorliegenden Sachverhalte. Er sagte: „Der Tod von Rudolph Bachmann wurde von den Medizinern nicht als ein natürlicher Tod eingestuft. Es ist von einem Fremdverschulden auszugehen. Der Tod trat ein, unmittelbar nachdem er sich nach seinem Weggang vom Rednerpult wieder zu seinem Platz begeben, sein Jackett angezogen und einen Schluck Wein zu sich genommen hatte. Das toxikologische Gutachten ergab, dass der Wein kein Gift enthielt, so dass wir eine Vergiftung ausschließen können. Wir wissen mit ziemlicher Sicherheit, dass der Tod von Rudolph Bachmann offensichtlich eingetreten ist durch das Magnetfeld eines Permanentmagneten im Jackett des Opfers, der die Herzschrittmacherfunktion außer Kraft setzte. Der Herzschrittmacher mit seinen zwei Elektroden wurde von den Fachleuten als relativ gering anfällig eingestuft, demnach muss ein enormer Impuls vom Magnetfeld des Magnetknopfes ausgegangen sein." Hauptkommissar Beckmann analysierte weiter: „Es ergeben sich an dieser Stelle einige Fragen: Seit wann befand sich der Knopf im Anzug und hat das Opfer ihn nicht bemerkt, wie lange trägt es schon das Jackett? Wer hatte Zugang dazu, solch einen Magneten gezielt zu platzieren und zu konstruieren? Zur Fertigung des hochleistungsstarken Magneten als Knopf auf einem magnetischen Klebeband bedarf es Fachkenntnissen und technischen Geschicks. Was haben wir noch? Fremdfasern am Jackett des Opfers sowie zwei Fingerabdrücke, die an der Innenseite des Jacketts sichergestellt wurden, aber im Datenbankvergleich kein Ergebnis ergaben." Nach Beendigung seiner Ausführungen zur Faktenlage sagte Hauptkommissar Beckmann: „Unsere Möglichkeiten der jetzt einzuleitenden kriminalistischen Maßnahmen sind begrenzt. Was können wir als Nächstes unternehmen? Wir benötigen Hinweise aus dem gesamten Umfeld der Jubiläumsfeier mit Befragungen von Zeugen des Geschehens. Eine dreidimensionale Rekonstruktion des Tatortes. Dazu gehört, dass wir mit der 3-D-Scannervermessung eine Lagebilddarstellung des Geländes rund um die Fischerhütte erstellen, damit für uns der Tatort virtuell abgehbar wird und wir aus allen möglichen Perspektiven das Blickfeld von Zeugen studieren können. Wir müssen sehen, ob zum Zeitpunkt der Veranstaltung Videoüberwachungen des Geländers stattgefunden haben, die uns möglicherweise weiterhelfen. Zudem muss die Suche nach Formspuren, Schuhabdrücken, Reifenspuren und dergleichen erfolgen." Das Ermittlerteam machte sich umgehend an die Arbeit. Hinweise aus dem Umfeld der Fischerhütte warfen immer neue Fragen auf und setzten weitere Ermittlungen in Gang, dennoch führten die Ermittlungen des Teams ins Leere, es gab keine Spuren, die eine neue Betrachtung der Fakten ergeben hätten.

Im Landeskriminalamt lehnte sich der Hauptkommissar in seinem Sessel zurück, verschränkte die Arme hinter dem Kopf starrte zur Decke und überlegte. Irgendetwas störte ihn an der ganzen Sache. Aber er konnte einfach nicht den Finger darauflegen. Irgendwo musste doch ein Hinweis stecken. Worin bestand das Motiv für diesen Mord? Hatte Bachmann als Rechtsanwalt im Wirtschaftsstrafrecht Feinde, müssten sie in eine ganz andere Richtung ermitteln. Das waren Fragen, die er sich jetzt stellte. Hauptkommissar Beckmann war bei den Ermittlungen ziemlich lustlos, den Kopf in die Hände gestützt, saß er am Schreibtisch und brütete über die Faktenlage, seine Gedanken schweiften ab. Er fing an, über sein eigenes Leben nachzudenken, geschieden, keine neue Beziehung, immer nur Arbeit und Verantwortung. Er philosophierte weiter: „Das Leben ist eine einzige Abfolge von

Problemen. Das beginnt schon mit der Geburt. Wenn das Kind das Licht der Welt erblickt, fängt es an zu schreien, denn es ist nicht damit einverstanden aus der kuschligen Einraumwohnung hinausgeworfen zu werden, die von der intravenösen Ernährung bis hin zur abrechnungsbefreiten Zentralheizung alles geboten hat. Wahrscheinlich wird deshalb die derzeitige Wohnungsnot als absolute Oberkatastrophe empfunden, da sie ein Geburtstrauma triggert." Beckmann lächelte, kam dann aber schnell zurück auf den Boden der Tatsachen. Wer war also zu solch einer Tat fähig, die äußerst raffiniert erfolgt war? Er konnte nicht aufhören, darüber nachzudenken, dass die bisherigen Ermittlungen keinerlei brauchbare Verdachtsmomente ergaben. Irgendwo musste doch ein Hinweis stecken. Er beschloss, zusammen mit einem Kollegen der Kriminaltechnik noch einmal zur Fischerhütte zu fahren und nach Formspuren und Hinweisen zu suchen, die ihm bei den weiteren Ermittlungen weiterhelfen könnten. Als Hauptkommissar Beckmann und Erwin Schmidt, der Kriminaltechniker, bei der Fischerhütte am Schlachtensee ankamen, durchstöberten sie zunächst das Unterholz am Wasser. Dort fanden sie zu ihrer Überraschung auffällige Formspuren, die dem Ermittlerteam am Tag zuvor entgangen waren. Es handelte sich um einen Schuhabdruck der Größe 44 und um eine Reifenspur, die von einem Fahrrad stammte. Der Kriminaltechniker setzte den kleinen mitgebrachten 3-D-Scanner ein, womit er die Formspuren präzise vermessen konnte. Danach gingen sie vom Unterholz des Schlachtensees zurück zur Fischerhütte. Sie machten eine Pause, setzten sich an einen der Gartentische, aßen und tranken etwas. Der Hauptkommissar beobachtete die vielen jungen Menschen, die vor der Fischerhütte saßen und auch das bewaldete Umfeld, plötzlich stutzte er und sprach: „Erwin, schau einmal da oben in die Bäume, wieso hängt dort eine kleine Solarplatte, das ist doch seltsam. Komm, wir sehen uns das mal an." Sie gingen zu dem Baum, der in seiner Krone eine Solarplatte erkennen ließ. Unten am Baumstamm entdeckten sie ein kleines Schild vom Naturschutzbund. Es wies darauf hin, dass hier eine wetterfeste Vogel-Webcam installiert wurde, versehen mit Nachtsichtfunktion und Solarbetrieb zur Beobachtung eines Nestes. Die vernetzte Kamera begleitete die Vögel von der Nestlings Zeit bis hin zum Ausflug der Jungtiere. Es ging dabei um eine wissenschaftliche Auswertung zum ökologischen System des Waldes: Was geschah in den Nestern? Waren Umweltbelastungen erkennbar, hatten die Tiere in Anbetracht des Insektensterbens noch genug Futter? In welchem Zustand befand sich die spezielle Waldökologie in dieser Region? „Das ist ja hoch interessant. Was meinst du, Erwin, werden wir durch die Kamerabilder möglicherweise auf eine neue Spur geführt?"

Die Kriminalisten nahmen Kontakt mit dem Landesforstamt Berlin und dem Leiter des Naturschutzbundes der Region auf. Dort erklärte man sich sofort bereit, gewünschte Auskünfte zu erteilen. Es wurde ein Treffen am nächsten Tag vor Ort an der Fischerhütte in Schlachtensee vereinbart. Dort trafen sie zuerst Förster Neugebauer vom Landesforstamt Berlin, der ihnen sehr eindrucksvoll die Folgen des Klimawandels für die Berliner Wälder erklärte. „Den genügsamen Kiefern und Eichen, die mit vielen Durststrecken zurechtkommen, geht es zum Teil nicht gut. Sehen Sie hier, die Kiefer vor uns wird sich auch bald verabschieden. Die Borke blättert bereits in großen Fetzen vom Stamm ab, die meisten Nadeln hoch oben sind rot, also tot. Die Zeichen sind eindeutig, die ist hin. Und dort, sehen Sie die Eiche, die Krone sieht erbärmlich aus. Ein paar Blattbüschel hängen an den großen Zweigen, den kleinen Ästen fehlt das Licht. Das hat nichts mehr von einem dichten Kronendach. Buche, Kiefer, Eiche, Robinien, Birken, Ahorn und auch Fichten, die weit verbreiteten Baumarten in unserem Revier, denen geht es an den Kragen. Was bleibt dann noch vom Wald übrig? könnte man fragen. Im Grunewald mit seinen großen Flächen an Kiefern sieht es auch schlecht aus. Ich denke hier noch an die Situation nach dem Zweiten Weltkrieg. Er war nahezu kahlgeschlagen und wurde später mit schnellwachsenden Kiefern wieder aufgeforstet. Im amerikanischen Sektor galt damals die Maxime: Nur jeder zehnte Baum bleibt von der Abholzung verschont, alle anderen dienen als Brenn- und Bauholz oder Reparationszahlung. Im französischen Sektor hingegen, zu dem der Tegeler Forst gehörte, war es umgekehrt. Der verantwortliche Stadtkommandant kam aus der Forstwirtschaft und ordnete an: Nur jeder zehnte Baum wird herausgenommen. Diese Maßnahmen führten zu einer unterschiedlichen Entwicklung der Waldökologie. Der Berliner Waldzustandsbericht vom vergangenen Jahr hat gezeigt: Nur noch 23 Prozent der Kiefern auf den Landesgebiet werden als gesund eingestuft. Wir hoffen darauf, dass sich im Herbst und Winter die Wasserspeicher wieder füllen und dann hoffentlich kein so trockenes Frühjahr auf uns zukommt." Wenig später erschien Herr Reinhard, nach der Begrüßung sagte er: „Förster Neugebauer hat Ihnen sicherlich viel über das Baumsterben in unserem Revier berichtet. Auch wir vom Naturschutzbund haben so unsere Probleme, so manche uns staatlicherseits auferlegten Maßnahmen laufen dem Schutz des Klimas diametral entgegen. So, nun aber zu Ihrem Anliegen. Was können wir für Sie tun?" Der Hauptkommissar erläuterte den Sachverhalt. „Wir haben hier im Wald die Beobachtungswebcam entdeckt und möchten gerne wissen, ob man darauf auch Bilder erkennen kann, die zum Zeitpunkt des Todesfalls auf der Jubiläumsfeier rund um die Fischerhütte erstellt wurden." Gemeinsam gingen sie an die Stelle, wo die Beobachtungen mit der Webcam durchgeführt wurden. Herr Reinhard erklärte den Männern: „Durch WLAN-Konnektivität ist die Kamera, die wir hier installiert haben, mit dem WLAN-Heimnetzwerk verbunden, so dass alle Aktivitäten im Nest jederzeit in Form von Bildern und Videos und überall auf dem Handy, Tablet oder PC versendbar sind. Die Kamera ist mit einem 2,8-mm-Weitwinkelobjektiv ausgestattet, das horizontal bis zu 102 Grad Sichtfeld anbietet. Die Kamera überträgt Tag und Nacht hoch auflösende Bilder. Der Blickwinkel des Weitwinkelobjektivs ist auf das Vogelnest eingestellt und fokussiert, lässt aber auch über den Nest Rand hinaus einen Blick auf das Umfeld, fast bis zur Fischerhütte, erkennen. Kommissar Beckmann sagte: „Wir hätten sehr gerne geprüft, ob auf der Kamera erkennbare Bilder verzeichnet sind, die sich auf das Geschehen rund um die Fischerhütte zu dem von uns angegebenen Zeitpunkt beziehen, das kann uns möglicherweise in unserem Fall sehr weiterhelfen." „Das dürfte kein Problem sein", meinte Herr Reinhard. „Ich hole aus meinem Auto meinen Laptop und dann sehen wir uns die erfassten Bilder in der Aufzeichnung an." Um Details besser herausarbeiten zu können, präsentierte Reinhard die Webcam-Bilder in vergrößerter Form. Deutlich war die Brutaktion im Vogelnest erkennbar, aber, es war nicht zu glauben, die Aufnahmen zeigen auch das Gelände vor der Fischerhütte am Schlachtensee, nämlich genau den Ort, an dem sich die Gäste zur Jubiläumsfeier eingefunden hatten und den Festrednern zuhörten. „Oh, das ist aber eine Überraschung", sagte Hauptkommissar Beckmann und wurde ganz unruhig. Auf dem Bildmaterial bewegte sich, aus dem Unterholz kommend, mit wackeligem Gang ein Mann, der leider sehr unscharf und nur schwach, ja, schattenartig zu sehen war, hin zum Gartenstuhl, auf dem das Jackett von Rudolph Bachmann hing. Er hantierte an dem Jackett, aber es war nicht zu erkennen, was er da eigentlich machte. Der Hauptkommissar und der Kriminaltechniker bekamen das Bildmaterial auf Tablet, iPhone und auch auf das Handy überspielt. Die Männer bedankten sich bei Herrn Neugebauer und Reinhard für die Mitarbeit. Beckmann sagte: „Wir haben jetzt eine neue Spur und können in eine ganz andere Richtung ermitteln." Zufrieden mit diesen Ergebnissen fuhren sie zurück in die Dienststelle.

Hauptkommissar Beckmann gab das Bildmaterial an Dr. Mathilde Weber, Mitarbeiterin im Landeskriminalamt. Frau Dr. Weber war eine der wenigen Spezialisten in Deutschland für das sogenannte Aging-Verfahren. Sie wusste, wie man vermisste Personen und flüchtige Straftäter altern lassen oder ihre Gesichter realitätsnahe gestalten konnte. Auch als Phantombilddarstellerin war sie sehr versiert in der Erstellung realistischer Fahndungsbilder. Sie besaß viel Erfahrung. „Es ist nicht so, dass die Fotos eingescannt und ein paar Computertasten gedrückt werden und schon habe ich das perfekte Bild", sagte sie. „Meine Arbeit ist eine Mischung aus Fotomontage und Zeichnung. Anfangs weiß ich selbst nicht, was am Ende für eine Person herauskommt und wie das Umfeld im Detail aussieht." Dr. Weber benutzte bei ihrer Arbeit insbesondere das Bildbearbeitungsprogramm und ein Grafik Tablet mit einem digitalen Stift, mit dem sie auch direkt und intuitiv in ein Porträtbild oder Umfeld hineinmalte. Sie sprach zu Hauptkommissar Beckmann: „Sie stellen mir jetzt konkret die Frage, wie sieht dieser Mann real aus und was macht er da an dem Stuhl mit dem Jackett? Dieser Darstellungsprozess ist für mich spannend. Ich mache mich sofort an die Arbeit, um die gewünschten Bilder des Tatherganges realistisch zu gestalten." Schon am nächsten Tag trafen sie sich wieder in der Dienststelle des Hauptkommissars. Frau Dr. Weber erläuterte die Auswertung des Bildmaterials der Webcam vom Schlachtensee. Die Person, die aus dem Unterholz kam, war ein Mann Mitte 30, der in all seinen Konturen deutlich erkennbar war. Sein wackeliger Gang erklärte sich durch das Tragen viel zu großer Schuhe, die er wahrscheinlich zur Spurenverwischung benutzte. Der Mann ging zum Stuhl, auf dem das Jackett des Opfers hing. Griff zunächst in seine Hosentasche, aus der er einen kleinen dunkelblauen Stoffstreifen mit einer knopfähnlichen Erhebung zog, und klebte diesen in die linke Brusttasche des Jacketts von Dr. Bachmann.

Hauptkommissar Beckmann bedankte sich bei Frau Dr. Weber für die schnelle und gute Arbeit. Er rief das Ermittlerteam zusammen, um das weitere Vorgehen zu besprechen. Das Team hoffte, schnell Hinweise auf den Täter zu finden, die Ermittlungen liefen auf Hochtouren. Die restaurierten Bilder der Webcam wurden den Mitarbeitern der Anwaltskanzlei vorgelegt. Sie brachten keine neuen Erkenntnisse. Als aber diese Aufnahmen der Frau des Opfers, Jessica, gezeigt wurden, war alles klar. Jessica und auch die Freundinnen erkannten auf den Bildern ihren Teamkollegen Manfred, der damit eindeutig der Hauptverdächtige war. Die Beweiskette war schlüssig. Jessica war geschockt, sie erlitt einen Nervenzusammenbruch und wurde von Hans nach Hause geholt. Es dauerte eine lange Zeit, bis sie sich wieder gefangen hatte.

Manfred

Immer wenn Jessica das Büro betrat, blieb Manfred regungslos an seinem Arbeitsplatz sitzen und starrte sie an. Er bekam stets mit, dass sie nichts von ihm wollte, nicht mal freundschaftlichen, kollegialen Kontakt. Seine Gefühle zu ihr hatten sich nicht verringert. Er war verrückt nach ihr, er konnte nicht loslassen. Die unerwiderte Liebe tat ihm weh, ungestillter Schmerz wurde zur Wut, die sich langsam aufstaute. Diese alte ewige Wut ließ sich nicht lindern. „Ich kann nicht mehr schlafen, nicht mehr essen. Ich möchte morgens aufwachen, sie anschauen und abends in ihren Armen einschlafen. Wenn ich daran nur denke, dass dieser Rechtsanwalt das alles haben kann, werde ich rasend vor Eifersucht. Es muss etwas geschehen", dachte Manfred. Er hatte sich so sehr in sein Feindbild verbissen, er arbeitete im Verborgenen an einem Plan, wie er Rudolph einen Schaden zufügen konnte, unter dem dann auch Jessica zu leiden hatte, denn wenn er litt, warum sollten sie dann nicht auch leiden? Er lebte in seiner eigenen Welt, akzeptierte keine andere Realität. Es musste alles so sein, wie er es sich vorstellte. Das Motiv für seine abnormalen Vorstellungen bestand in seinem höchstpersönlichen Bereich, geprägt von Gedanken, die ihn bis zu einem Vernichtungswillen führten. Sein Verstand versuchte, ihn auf den Boden zurückzuholen, er sagte zu sich: „Das bin ich nicht, ich bin kein schlechter Mensch, ich liebe sie doch, ich könnte ihr niemals direkt oder indirekt einen Schaden zufügen."

Manfred mangelte es schon von klein auf an den Grunderfahrungen von Liebe und Zuneigung, die für ein glückliches Leben die Basis sind. Wenn jemand schon in jungen Jahren oder auch später als Erwachsener die Erfahrungen machte, nicht geliebt zu werden, entwickelten sich daraus sehr schnell mögliche Defizite beim Bedürfnis nach Verbundenheit als auch beim Bedürfnis nach Bedeutsamkeit, Wertschätzung und Anerkennung. Manfred wurde dem eigenen Begehren nicht mehr Herr, machte sich was vor, steigerte sich in etwas zwischen Irrem und Normalem hinein. Er tickte nicht richtig, hatte keine Kontrolle über seine Impulse, er wurde zu einem Einzelgänger Aus den Gesprächen mit den Kolleginnen in der Redaktion wusste er, dass der Partner von Jessica wegen Herzrhythmusstörungen einen Herzschrittmacher trug und dass solche Geräte anfällig waren für elektromagnetische Einflüsse. Manfred entwickelte daraus die Idee, einen Magneten in unmittelbarer Nähe des Herzschrittmachers, also am besten irgendwo an der Kleidung, zu befestigen, um damit permanent Störungen auf den Herzschrittmacher auszulösen, die Rudolph gesundheitlich belasten und damit auch Jessica Sorgen bereiten und sie in ihrer Lebensqualität beeinträchtigen sollten. Im Internet informierte er sich über die verschiedensten Magnetmaterialien. Im Fachhandel kaufte er Magnetkleber, Magnetband, Magnetfarbe, Folie und mehrere kleine Dauermagneten, die ein gleichbleibendes Magnetfeld aufwiesen und schon bei sehr kleinen Größen unglaubliche Kräfte entwickelten. Sie bestanden aus magnetischen Stoffen, die im Gegensatz zum Elektromagneten keinen Strom für ihr ausstrahlendes Magnetfeld benötigten und damit überall problemlos einsetzbar waren. Sie fanden ihre Anwendung in fast jedem Bereich. Genutzt wurden sie vom Bastler bis zum Unternehmer. Privat und gewerblich. Manfred bastelte in der Küche seiner Wohnung einen Power-Magneten. Er benutzte eine Neodym-Magnetfolie von der Marke 3M9448 A im DIN-A4-Format, die er mit Schere und Cutter Messer bearbeitete. Er schnitt damit ein Stück in der von ihm benötigten Größe von 7 x 4 Zentimetern heraus, danach wurde diese Fläche mit einer dunkelblauen Magnetfarbe angestrichen. Dann setzte er in die Folienmitte eine Kunststoffkappe aus Kautschuk, unter der sich der hochleistungsstarke Permanentmagnet mit seiner starken „Haftung" und „Feldstärke" befand. Die Kunststoffkappe hatte einen Durchmesser von zwei Zentimetern, zentral bohrte er in die Kapsel zwei kleine Löcher und bestrich dann die Knopfattrappe gleichfalls mit einer dunkelblauen Farbe, die Magnetpartikel enthielt, es entstand die Gestalt eines Anzugknopfes. Die Rückseite des dunkelblaugefärbten Klebebandes mit dem Permanentmagneten bot auf allen Untergründen einen perfekten. dauerhaften Halt. Manfred hatte die Vorstellung, dieses Klebeband irgendwie an der Kleidung von Rudolph Bachmann zu befestigen, aber wo und wie das geschehen sollte, darüber dachte er angestrengt nach. Er erkannte aber sofort eine passende Gelegenheit für sein Vorhaben, als Heike aus der Redaktion ihm erzählte, dass Jessica ihre drei Freundinnen zum 25-jährigen Jubiläum der Rechtsanwaltskanzlei von Rudolph Bachmann eingeladen hatte. Es wurmte ihn natürlich sehr, dass er auch dieses Mal bei der Einladung nicht berücksichtigt worden war, auch deswegen schmiedete er an seinem Plan mit großem Eifer. Er wollte unerkannt auf der Jubiläumsfeier erscheinen und dann eine Gelegenheit für den Magneteinsatz suchen. Vorsorglich kaufte er sich auf dem Trödelmarkt in Nähe der Berliner Siegessäule drei Nummern zu große Schuhe, damit man ihn nicht bei einer späteren Spurensuche anhand des Abdruckes identifizieren konnte. Die Fischerhütte wollte er mit dem Fahrrad erreichen, so dass er damit auch schnell wieder den Rückzug antreten konnte.

Manfreds Flucht

Manfred hatte sich einen Tag nach dem Tod von Rudolph Bachmann krankschreiben lassen, irgendetwas mit dem Magen, hatte er behauptet. Als er kurz danach wieder in der Redaktion erschien, gab er sich große Mühe, keine Aufmerksamkeit auf sich zu ziehen, er heuchelte Trauer. Als er mitbekam, dass am nächsten Tag die Kriminalpolizei eine Zeugenbefragung zum Tatvorgang am Schlachtensee in der Redaktion durchführen wollte, sah Manfred seine Welt bedroht. Das gab es nicht, er flippte aus, glaubte, die Ermittler seien ihm bereits auf den Fersen, wahrscheinlich war er morgen schon zur internationalen Fahndung ausgeschrieben. Er musste jetzt schnell reagieren, Panikgefühle kamen auf. In großer Eile, aus dem Stand heraus, organisierte er seine Flucht. Zu Hause packte er sein wichtiges Hab und Gut in einen großen Rucksack und in eine geräumige Reisetasche, nahm seine Gesamtersparnisse sowie Kreditkarten an sich, die er im Tresor deponiert hatte. Für die Arbeit im Computerclub hatte er alte Smartphones und einige Prepaid SIM-Karten auf seinem kleinen Schreibtisch liegen. Er wählte über eine spezielle App den Flughafen in Berlin-Tegel an und bestellte unter falschen Namen einen Charterflug, ein sogenanntes Flugtaxi von Tegel nach Norderney in der Frühe des nächsten Tages. Das Einloggen in den normalen Fluglinienverkehr erschien ihm zu riskant. Mit einem Taxi fuhr er zum Flughafen. Das Einloggen erledigte er online. Das Flugzeug, eine Cessna Citation, flog von Berlin aus leise über die abwechslungsreiche Naturlandschaft in Richtung Nord-West. Der Pilot hatte die Koordinaten 53" 42' 25" N 7" 13' 48" O und die Tower-Frequenz 122.600 GE mit dem Rufzeichen Norderney Info eingegeben. Manfred sieht aus der Vogelperspektive die ostfriesischen Inseln wie Borkum, Juist, Baltrum sowie Langeoog und Wangerooge, die nur wenige Flugminuten von Norderney entfernt waren. Vor Beginn des Landeanflugs betrachtete er die Insel Norderney, die Strände und das Wattenmeer.

Mit einem sachten Rucken setzt das Flugzeug auf der asphaltierten und mit Nachtflugbefeuerung versehenen Landebahn des Flugplatzes auf. Das Rollfeld war 1000 Meter lang und 20 Meter breit, die Ausrichtung betrug 80°/260° (Ost-West). Nur wenige Stunden hatte Manfred vom Start auf dem Festland in Berlin bis zur Landung auf der Insel gebraucht. Am Automaten, der am Eingang vor dem Flugplatzgebäude stand, erwarb Manfred eine Norderneycard, die auch das Fährticket zum Festland einschloss. Mit Rucksack und Reisetasche wanderte er vorbei am Leuchtturm der Insel in Richtung Nordstrand-Oase, zum feinen Sandstrand, entlang an Dünen, die in Salzwiesen übergingen. Er steuerte eine Strandkorbvermietung an und orderte, nachdem er die Norderneycard vorgezeigt hatte, einen Schlafstrandkorb für drei Tage. Der ihm zugewiesene Schlafstrandkorb mit den Maßen von 1,30 Metern Breite und 2,40 Metern Länge bot als eine „Dünenkoje" Platz für zwei Personen. Die wind- und wasserfeste Plane mit Fenstern konnte komplett geschlossen werden und ermöglichte bei Wind und leichtem Regen ein geschütztes Übernachten am Strand. Neben dem Korb befanden sich zwei Stühle und ein Tisch. Der Bereich war eingezäunt, damit der Korb sicher stand, befand er sich auf Holzpellets. Bettwäsche und Fleecedecken waren vorhanden. Bei der Strandkorbvermittlung gab es auch einen kleinen Shop, wo Manfred einen Imbiss, leckere Brötchen und kleine Snacks sowie etwas zum Trinken einkaufen und als Proviant für die nächsten Tage zum Strandkorb mitnehmen konnte.

Das Meer war gerade auf dem Rückzug. Es war ruhig und wenig belebt, und der auffrischende Wind tat nach den letzten heißen Tagen wirklich gut. Nachdem Manfred all sein Gepäck richtig verstaut hatte und es dunkel geworden war, hüllte er sich ein in warme Decken. Er schaute durch ein Bullauge des Schlafstrandkorbes hinaus aufs Meer und grübelte nach über seine zurückliegenden Taten, dann wurde er müde und schlief ein. Am dritten Tag machte er sich früh auf und reiste weiter an den südwestlichen Rand der Insel, zum Hafen von Norderney. Dort begab sich Manfred auf die Autofähre nach Norddeich Mole. Nach Ankunft auf dem Festland stieg er in den Nahverkehrszug nach Emden. Ein Mitreisender von der Küstenwache Norddeich erkannte ihn anhand des Fahndungsfotos in der Zeitung, in der er gerade las. Unauffällig verließ er das Abteil, schaute Manfred noch einmal in die Augen und informierte dann auf der Zugtoilette über Handy die Kriminalpolizei in Emden. Der couragierte Mann der Küstenwache gab auch dem Zugpersonal einen Hinweis auf den Gesuchten, worauf sie gemeinsam Manfred festnahmen und in ein Zugsonderabteil einschlossen. Als der Zug in Emden einfuhr und die Polizeibeamten von der zuständigen Polizeiinspektion Emden eintrafen, flüchtete Manfred aus dem Zug, er hatte mit einem Notfallhammer die Scheibe des Abteils eingeschlagen und entkam im letzten Moment mit seinem Gepäck zu Fuß. Er kam am Interflex Busbahnhof vorbei, dort hatte er die Abfahrtszeiten der Busse, die durch Europa fuhren, im Blick, kurz darauf verschwand Manfred in den Grünanlagen des Emder Walls. Dort verlief sich seine Spur, er konnte nicht mehr gefasst werden.

Amsterdam

Im Großraum Amsterdam, ziemlich weit vom Stadtrand entfernt, endete die Flucht von Manfred. In einem kostengünstigen Zimmer, das in einem Hinterhof gelegen war. Es beschäftigte ihn dort die Dauer seines Aufenthaltes. „Wie lange kann ich hier bleiben?" dachte er, denn spätestens nach vier Monaten musste er sich beim Bürgeramt in Amsterdam registrieren lassen. Mehrmals am Tag überkamen ihn auch böse Gedanken, die sich sehr oft und schnell abwechselten. Um sich abzulenken, klaute er ein Fahrrad, fuhr damit die Kanäle entlang und durch den großen Stadtpark. Er stellte fest, in Amsterdam war viel los, das Leben war hier sehr abwechslungsreich. „Windmühlen, Tulpen, Clogs und Rotlichtmilieu, Cannabiskekse in der Bar, alles eigentlich sehr lebenswert", dachte er. Aber je länger Manfred in Amsterdam verweilte, stellte sich ein Gefühl von Heimweh ein, welches ihm bis dato unbekannt gewesen war. Bereits als Kind hatte er sich jedes Mal gefreut, wenn er von zu Hause weg durfte. Nie war er von Heimweh geplagt, denn ein Zuhause, wo seine Eltern ihm einen sicheren Hafen boten und bei der Bewältigung der großen und kleinen Alltagssorgen mit Rat und Tat zur Seite standen, das kannte er nicht. Doch erst jetzt begriff Manfred, dass der Grund, weswegen er Heimweh hatte, darin lag, dass er in Berlin in einem sozialem Umfeld lebte, das er jetzt schmerzlich vermisste, in das er gerne wieder zurückkehren wollte.

Hier, in Holland, war er komplett auf sich gestellt, musste sich verstecken, denn er wurde gesucht. Er sehnte sich zurück nach Deutschland an seinen Arbeitsplatz. Täglich dachte er an Jessica, die sich ihm nach seiner Tat für immer entzogen hatte.

Hoffentlich litt sie auch so stark wie er, gerne hätte er dies live miterlebt. Wie konnte er eine Kehrtwendung machen? Wie sich ihr nähern, sie überfallen, entführen und quälen, wie konnte er diese seine Gedanken realisieren? Einige Wochen später betrat Manfred das Generalkonsulat in der Honthorststraat 36 in Amsterdam, der Außenstelle der Deutschen Botschaft in Den Haag. Der Leiter des Konsulats, Konsul Dr. Braun, befragte ihn nach seinem Anliegen und Manfred sagte, er sei vor einigen Wochen von Emden über die holländische Grenze nach Amsterdam gereist, um sich vor der Deutschen Polizei zu verstecken, die ihn wegen eines Mordfalles in Berlin steckbrieflich suchen würde und er wolle sich zur Klärung des Falles jetzt und hier freiwillig stellen.

Konsul Braun war überrascht über Art und Weise der Selbstanzeige von Manfred, der in Gewahrsam genommen und den Justizbehörden in Deutschland übergeben wurde.

Forensische Psychiatrie

Dr. Meyer hatte lange Zeit als Facharzt für Psychiatrie im Städtischen Krankenhaus Berlin-Pankow gearbeitet. Vor einigen Jahren spezialisierte er sich auf die forensische Psychiatrie, einem Teilgebiet, das sich mit juristischen Fragen im Zusammenhang mit psychisch kranken Menschen befasst. Dazu gehören unter anderem die Feststellung von Schuldfähigkeit und Einschätzung des Gefährlichkeitsgrades der Straftäter. Von der Berliner Staatsanwaltschaft wurde er jetzt mit der Erstellung eines psychiatrischen Gutachtens beauftragt, in dem von medizinischer Seite aus Stellung genommen werden sollte, ob Manfred die Straftat im Kontext einer psychiatrischen Erkrankung begangen hatte. Im Rahmen der polizeilichen Ermittlungen wusste Dr. Meyer schon einiges über Manfred, der bereits ein umfangreiches Geständnis hinsichtlich Mord und Tathergang abgelegt hatte. Die Staatsanwaltschaft ließ Dr. Meyer die Strafakte zukommen, so dass er sich auf das Gespräch gut vorbereiten konnte. Die Tür des Sprechzimmers von Dr. Meyer öffnete sich, zwei Polizisten führen Manfred in Gefängniskleidung in das Zimmer. Manfred trug einen Vollbart, sein Gesicht war schmächtig geworden, hager und blass, die Haare wirken ungepflegt, er sah traurig aus, wirkte schüchtern und harmlos. „Nehmen Sie Platz", sagte Meyer und zeigte auf den Stuhl auf der anderen Seite seines großen Schreibtisches. Die beiden Polizisten, die im Raum warteten, schickte er hinaus. Das Licht strahlte durch die Fenster auf den Tisch zwischen den beiden Männern. Meyer war gespannt auf das Gespräch mit Manfred. Dr. Meyer wirkte auf ihn wie ein erfahrener, unaufgeregter Arzt, mit dem man vielleicht über alles reden konnte. Nach einen kurzen Pause, in der Dr. Meyer die

Akten ausbreitete, eröffnete er das Gespräch. Er sprach zu Manfred: „Kein Mensch kommt als Krimineller zur Welt, denn Gewaltbereitschaft ist nicht angeboren oder vererbt, sondern man erlernt sie. Wie Ihre dunklen Seiten über Ihre hellen Eigenschaften siegen konnten, das müssen wir jetzt einmal besprechen. Wie Sie wissen, habe ich dabei die Aufgabe, ein Gutachten bezüglich ihrer seelischen Krisensituation im Zusammenhang mit der Straftat zu erstellen." Im Gesprächsverlauf sagte er: „Mord ist keine Krankheit, sondern ein Prozess der Entschlussfassung. Für Mord braucht es einen triftigen Grund und die Gelegenheit, ihn auch zu verwirklichen. Warum haben Sie diese Entscheidung getroffen und dann auch umgesetzt?"

Manfred versuchte, dem Psychiater zu erklären, aus welchem Motiv heraus er zu dieser Straftat angetrieben wurde. Er konzentrierte sich dabei auf verschiedene Faktoren. Im Mittelpunkt stand dabei immer wieder seine Liebe zu Jessica, die zu keinem Zeitpunkt erwidert wurde. Es war frustrierend und es bereitete unerträgliche emotionale Schmerzen, sie nie wirklich erreichen oder berühren zu können und auf Abwehr zu stoßen. Entsetzt und unendlich traurig sei er gewesen, und er habe in großer Angst gelebt, dass er schlimme Gedanken an Gewalt eines Tages in die Tat umsetzen könnte. Seine Fantasie kannte tausend verschiedene Versionen, die sich in seinem Kopf abspielten. Oft hatte er Tagträume, konnte tagelang nichts essen, die Arbeit war hundertmal schwerer und er konnte sich nicht auf die einfachste Sache konzentrieren, so stark war er auf Jessica fixiert. Es war für Manfred ein unangenehmer Zustand einer ständigen Anspannung, den er im Laufe der Zeit keinem bestimmten Gefühl mehr zuordnen konnte und den er so schnell wie möglich beenden musste. Die Vergangenheit habe ihn zu einem verletzlichen Mann gemacht. Er war wütend, er hatte ein Ventil für seine Wut gesucht. Er hatte sich über Jahre in etwas hineingesteigert und fest darin verbissen. Nach einer so langen Zeit der unerwiderten Liebe und dem Gefühl einer inneren Leere, die für ihn nur noch schwer zu ertragen war, musste nun endlich einmal etwas geschehen. Er wollte sich an Jessica rächen, weil sie seinem Glück im Wege stand und seine Liebe nicht

erwiderte, er wollte nicht das Leben von Rudolph Bachmann auslöschen, sondern ihm nur einen Schaden zufügen, der auch Jessica treffen würde, es waren Rachegelüste wegen ihres Verhaltens ihm gegenüber. Dr. Meyer hatte Manfred genau zugehört und ihn beobachtet. Er fragte: „Manfred, war Ihnen denn nicht bewusst, dass das eigentliche emotionale Ziel, geliebt und respektiert zu werden, mit einer Straftat nicht nur nicht erreicht wird, sondern sogar in noch weitere Ferne rückt und Ihnen die soziale Existenz kostet."
„Nein, nicht der Gedanke einer Gewaltanwendung oder meine soziale Existenz an sich waren für mich das Problem, sondern mehr die Angst davor, die Tat in die Realität umzusetzen. Der ungestillte Schmerz wurde bei mir zur Wut, die sich langsam aufstaute, es entstand statt Liebe plötzlich auch Hass." Dr. Meyer gegenüber legte er sich nach und nach sehr impulsiv und mit großem Redeschwall eine Rechtfertigung für seine Gewaltanwendung zurecht, er wollte sich dabei selbst verstehen. Zu Dr. Meyer sagte er: „Ich konnte mich nicht dagegen wehren, am Ende war ich überzeugt: Es gab keine bessere Lösung, und das Opfer hat es auch verdient."
Aus den Akten der Staatsanwaltschaft entnahm Dr. Meyer auch Informationen zum sozialen Umfeld von Manfred. Er las, nach außen hin habe sich Manfred in seinem sozialen Umfeld perfekt angepasst. Er hatte die letzten Jahre in Berlin-Friedrichshain in einer kleinen Wohnung gelebt. Die Nachbarn erinnerten sich an einen freundlichen und zuverlässigen Mann. Er sei ein Typ, mit dem man abends auch einmal ein Bier trinken würde. In den Augen seiner Kollegen führte er ein Singleleben, in dem der Beruf das Wichtigste war. Er galt als ein Nerd der Computerbranche und engagierte sich in seiner Freizeit erfolgreich im Berliner Computerclub. Er hatte einen Freund, der war Anlagenmechaniker und hatte eine kleine Werkstatt, in der er alte Wasch- und Küchenmaschinen aus Recyclingmaterial zusammensetzte und dann auf dem Flohmarkt verkaufte. Manfred gefiel diese Arbeit und er half in seiner Freizeit seinem Freund sehr gerne dabei. Am Wochenende gingen sie oft zusammen zum Trödlermarkt am Tiergarten und veräußerten ihre gebastelten Produkte. Am Abend gingen sie auf Partys, um fröhlich zu trinken, Omas Vase umzuschmeißen

und dann abzuhauen, bevor es ans Aufräumen ging. Als Hobby erwähnte Manfred auch seine Sammlerleidenschaft. Er sammelte Bierdeckel, Bahnfahrkarten, Teile versteinerter Bäume. In einem Antiquariat kaufte er die kleinen Inselbücher für zehn Cent das Stück, ab und an stahl er auch welche, was der Antiquar übersah, denn Jugend, die dem schönen Wort zugewandt war, sollte man nicht mit trivialen Prinzipien behelligen. Hier entdeckte er auch etwas sehr interessantes, ein Buch aus dem 17. Jahrhundert: „Einführung in die Geheimnisse des Ehebettes", mit erlesenen Illustrationen. Es wurde das erste Stück seiner erotischen Sammlung, der weitere seltene Ausgaben, reich bebildert mit Männern und Frauen in den lustvollsten Positionen, folgten. Hinzu kam erotische Volkskunst aus Java, Sri Lanka, Ägypten. Er ordnete, klassifizierte, dokumentierte.

Seine erste Freundin Margarete habe ihm gezeigt, wie es funktionierte. Sie wollte ständig. Aber der Sex in seiner Fantasie sei nur auf Jessica konzentriert gewesen. Er fing an, während er mit Margarete schlief, an Sex mit Jessica zu denken. Wie konnte er es anstellen, dass sie mit ihm schlief? Er hatte sich eine lebensgroße Gummipuppe im Sexshop von Beate Uhse gekauft und mit einer Perücke geschmückt, so dass die Puppe Ähnlichkeit mit Jessica aufwies. Die Puppe lag ständig in seinem Bett, er wühlte in den Puppenhaaren und befriedigte sich damit.

Dr. Meyer entließ Manfred aus der Befragung und Untersuchung. Er sagte zu ihm, dass er für sein Gutachten noch einige medizinische Tests durchzuführen habe, für die sie einen neuen Termin vereinbarten. Er veranlasste bei Manfred neurologische Tests und außerdem die Durchführung einer Kernspintomographie. Die neurologischen Tests der Reflexe ergaben ebenso wie die Messung der Nervenströme keinen besonderen Befund. In der Kernspintomographie fielen im vorderen Bereich des Gehirns von Manfred helle Flecken in der Region auf, in der man die Steuerung der Emotionen und die Impulskontrolle eines Menschen vermutet. Die Neurologen nahmen an, dass es sich um Narben handelte, die bei Manfred durch Entzündungen der kleinen Blutgefäße entstanden waren. Vielleicht die Folge einer Vaskulitis, einer autoimmunologischen Gefäßerkrankung, die unbemerkt blieb. Manfred selbst konnte sich nicht an eine Erkrankung oder einen Unfall erinnern, bei dem er sich den Kopf verletzt hätte. Der Neurologe konnte an Hand der Befunde auch nicht klären, ob durch eine Erkrankung im Gehirn eine Persönlichkeitsveränderung stattgefunden hatte. Im Rahmen der psychiatrischen Untersuchung stellte Dr. Meyer fest, dass Manfred emotional sehr instabil war: mal eher reizbar, dann wieder niedergeschlagen und bedrückt. Schon Kleinigkeiten konnten bei ihm große Angst, Schuld, Scham, Wut, Traurigkeit oder ausgeprägten Selbsthass hervorrufen. Die oft intensiven Stimmungen wechselten bei ihm schnell, hielten aber oft auch länger an, weswegen sie sich mitunter überlagerten und aufaddierten. Er verlor unter hohem emotionalem Druck die Fähigkeit, kontrolliert und vernünftig zu handeln. Sein Einfühlungsvermögen war schwach ausgeprägt. Er hatte sich über Jahre in etwas hineingesteigert und fest darin verbissen. Er schaffte sich ein Selbstkonzept, das einem die Tötung erlaubte, sie rechtfertigte und womöglich schönredete. Kühl und ungerührt glaubte er, mit seiner Tat habe er das letzte Wort. Der Gutachter kam zu dem Ergebnis: Manfred hatte die Straftat in einer seelische Krise begangen, seine Einsichts- oder Steuerungsfähigkeit, im Sinne einer Borderline – Persönlichkeitsstörung, waren aber nicht entscheidend beeinträchtigt. Es bestand keine verminderte Schuldfähigkeit zum Tatzeitpunkt. Es war eine Tat, die von langer Hand mit Akribie und ohne jegliche Hemmung, ganz frei von Schuldgefühlen, umgesetzt wurde. Der Täter handelte nicht irrational unter dem Einfluss einer wahnbedingten Störung, sondern aus verletztem Stolz. Der Gutachter stellte damit die Schwere der Schuld fest, für die sich Manfred uneingeschränkt zu verantworten hatte.

Auf der Grundlage des Gutachtens würde das Gericht entscheiden, ob der Täter zum Tatzeitpunkt schuldfähig gewesen war. Der forensische Gutachter äußerte sich mehr zu der Frage, ob die Voraussetzungen zur Annahme einer Schuldfähigkeit vorlagen, denn die Schuldfähigkeit selbst war eine Rechtsfrage, die vom Gericht im Rahmen der Hauptverhandlung zu beantworten war.

Verurteilung

Im Mordfall Rudolph Bachmann wurden vom Gericht drei Verhandlungstage angesetzt. Bis zur Verkündung des Urteils war die Öffentlichkeit vom Prozess ausgeschlossen, weil persönliche Umstände des Angeklagten zur Sprache kamen, die nicht öffentlich diskutierbar waren, denn sie hätten die Persönlichkeitsrechte verletzt. Staatsanwaltschaft und Gericht mussten umfangreiche Tatbestände klären, bevor sie das Tötungsdelikt an Rudolph Bachmann als einen heimtückisch und vorsätzlich begangenen Mord einstufen konnten. Am Tag der Urteilsverkündung betrat Manfred den Gerichtssaal. Er wirkte still und teilnahmslos, starrte geradeaus, warf keinen Blick auf Jessica, die zusammen mit ihren drei Freundinnen, Hans und Danika in der ersten Reihe des Verhandlungsraumes saß. Die Verhandlungen waren von vielen Emotionen begleitet, im Mittelpunkt stand dabei Jessica, die immer wieder in Tränen ausbrach. Manfred bekam die Gelegenheit, sich zum Motiv und der Begehungsweise der Tat zu äußern. Die Begehungsweise seiner Tat sei unter dem Einfluss einer für ihn außergewöhnlichen Wahnvorstellung erfolgt. Die vorsitzende Richterin sagte zu ihm: „All das, was sie gesagt haben, stimmt nur in einigen Teilen. Wir nehmen Ihnen das so nicht ab, dass sie bei dem Opfer nur einen Warnschuss in Form eines gesundheitlichen Schadens abgeben wollten und das auch noch unter dem Einfluss einer Wahnvorstellung. Der Grund liegt tiefer. Es verdichtet sich die Vermutung, dass Sie töten wollten, damit die Frau des Opfers dann frei für Sie ist. Sie sind unfähig, Abweisungen und Niederlagen zu ertragen."

Die Richterin sagte weiterhin zu ihm: „Bei Ihren fundierten Kenntnissen und Fertigkeiten bezüglich Kraftausstrahlung eines Permanentmagneten, den sie mit einem doppelt starkem Powermagnetfeld bearbeitet haben, musste Ihnen klar sein, dass bei der Magneteinwirkung auf einen Herzschrittmacher in einer so kurzen Distanz zum Herzen, unweigerlich der Tod eintreten wird. Sie haben einen schutzlosen Menschen überrascht und unter Ausnutzung der Arg- und Wehrlosigkeit des Opfers, das nichts Böses ahnen konnte und sich keiner Gefahr bewusst war, vorsätzlich und heimtückisch getötet. Es war ein Mord auf Grund niederer Beweggründe, nämlich Unsittlichkeit und Eigensucht, Hass, Wut, Eifersucht, Befriedigung einzelner subjektiver Triebe. Es handelt sich um einen besonders schweren Fall der hinterhältigen Tötung. Sie mussten sich bewusst sein, dass Ihre Handlungen dem Opfer das Leben kosten könnte. Es war eine Straftat gegen das Leben. Und keine Tathandlung, die sich gegen die körperliche Unversehrtheit eines Menschen richten sollte." Die Richterin stellte die Frage: „Welche Motiv und Begehungsweise liegen diesem Tötungsdelikt zu Grunde?" Im Zentrum der Bewertung stand der Tod des Opfers, dem eine besondere Gewichtung der ethischen Verwerflichkeit und Gefährlichkeit zukam. Es war ein Mord mit gemeingefährlichen Mitteln und unter einer allumfassenden Missachtung menschlichen Lebens. Der forensische Psychiater attestierte in seinem Gutachten, dass die Straftat zwar in einer seelische Krise begangen wurde, Manfreds Einsichts- oder Steuerungsfähigkeit und Realitätswahrnehmung aber zu keinem Zeitpunkt entscheidend beeinträchtigt waren. Die vorsitzende Richterin erklärte Manfred, er habe keine schuldmildernde psychische Erkrankung, auch zum Tatzeitpunkt habe keine verminderte Schuldfähigkeit bestanden. Damit war er voll schuldfähig. Die Staatsanwaltschaft forderte eine lebenslange Freiheitsstrafe wegen des heimtückischen, vorsätzlichen Mordes an Rudolph Bachmann. Eine Strafe, die im Einklang mit der Richterin ausgesprochen wurde. Manfred selbst wirkte bei der Verkündung des Urteils ruhig und gefasst. Sein Verteidiger teilte dem Gericht mit, innerhalb der nächsten Woche vorsorglich Revision einzulegen. Er meinte, das Gericht habe nur die belastenden Faktoren und in keiner Weise den Täter begünstigende Fakten berücksichtigt. Die Revision wurde wenig später vom Revisionsgericht einstimmig als unberechtigt eingestuft und abgelehnt, so dass Manfred unverzüglich die Freiheitsstrafe antreten musste. Es wurde ihm mitgeteilt, dass er als verurteilter Straftätereine regelmäßige Haftprüfung verlangen konnte. Hierbei erstellten dann in seinem Fall Psychologen und andere Spezialisten ein Gesamtbild hinsichtlich der Haftgründe. Waren diese nicht mehr gegeben, konnte der Rest der verhängten Freiheitsstrafe zur Bewährung ausgesetzt werden. Die erste Haftprüfung konnte Manfred aber erst frühestens nach 15 Jahren Aufenthalt in der Justizvollzugsanstalt beantragen. Das bedeutete, dass er auf jeden Fall zunächst mindestens 15 Jahre Haftstrafe ableisten muss. Bei Jessica brach es am Ende des Prozesses aus ihr heraus, sie schrie in den Saal: „Ich hoffe, du wirst immer in Haft bleiben. Du darfst nicht mehr für andere gefährlich sein. Keiner gibt mir meinen Mann zurück."

Schluss

Durch den Tod von Rudolph Bachmann hatte Jessicas Leben in wenigen Sekunden eine neue Richtung genommen. Unerwartet, unvermeidlich, ohne Vorwarnung. Es wurden intensive Gefühle freigesetzt, die sie erst einmal verarbeiten musste. Unfassbar, dass der in ihrem Team der Wirtschaftsredaktion unauffällig und zuverlässig arbeitende Manfred zu so einer Tat fähig war, dass er Gefühle wie Wut, Hass, Liebe, Eifersucht, Groll und Schuld in einer solchen Form ausdrückte. Der Tod eines lieben Menschen war eine Ausnahmesituation für die Seele. Sie brauchte viel Zeit und Raum für den Trauerprozess. „Die Trauer macht mein Herz schwer", sagte Jessica zu ihren Freundinnen, die sie liebevoll in ihrem schweren Leid begleiteten. Die Vergangenheitsbewältigung war für Jessica ein Problem. Ein ruhiges zufriedenes Leben, das war jetzt nicht mehr ihre Bestimmung, das fühlte sie mehr denn je. Sie wusste, wenn das Herz stehen bleiben sollte, dann blieb es stehen. In Hinblick auf die Zukunft dachte sie aber positiv, sie sagte bei einem Abendessen mit den drei Freundinnen: „Auch die Seele heilt irgendwann, wenn das nicht so wäre, was glaubt ihr, wie würden dann all die Menschen weiterleben?"

Jessicas Trauerprozess verlief sehr individuell. Sie zog sich nicht in die Isolierung zurück, sondern stürzte sich zurück in das Berufsleben, mit dem Gefühl, wieder ganz schnell funktionieren zu müssen.

Für Jessica bedeutete es sehr viel, sich mitteilen zu dürfen und mit der Trauer nicht alleine zu sein und dass ihre Freundinnen, Hans und Danika sich sehr um sie kümmerten. Sie verschafften ihr Halt, Trost und Frieden in dieser Gemeinschaft, in der sie erzählen durfte, empathisches Zuhören bestand und wo man sein inneres Befinden und eigene Bedürfnisse ausdrücken konnte. Das Schicksal musste angenommen werden, so wie es war. In diesem seelischen Genesungsprozess stand die Erkenntnis, dass in jedem Herbst der nächste Frühling schon wieder naht. Und so schmiedete auch Jessica wieder neue Pläne Sie würde sich zusammen mit einer Freundin selbstständig machen, damit sie auch genug Zeit für ihre Hobbys, für das Malen und Romaneschreiben fand. Sie sagte zum Tod von Rudolph: „Seinen Liebsten verloren zu haben, ist nie leicht, aber manchmal ist es besonders schwer. Ich werde für den Rest meines Lebens darunter leiden. Es war die schönste Zeit meines Lebens, die ich mit Rudolph Bachmann verbrachte."

Der Autor

Ernst Vetter, Jahrgang 1937, lebt in Potsdam. Der habilitierte Mediziner arbeitete an mehreren Kliniken, lehrte an der Universität Rostock und widmete sich der Forschung. Seine Lieblingsbeschäftigung ist das Lesen und Schreiben. Nach zahlreichen Fachpublikationen erschien 2019 sein erster Roman „Unterwegs im Umfeld kostspieliger Begehrlichkeiten". Ernst Vetter ist Witwer und beruflich in verschiedenen Fachverbänden tätig.

Der Verlag

novum VERLAG FÜR NEUAUTOREN

> *Wer aufhört*
> *besser zu werden,*
> *hat aufgehört*
> *gut zu sein!*

Basierend auf diesem Motto ist es dem novum Verlag ein Anliegen neue Manuskripte aufzuspüren, zu veröffentlichen und deren Autoren langfristig zu fördern. Mittlerweile gilt der 1997 gegründete und mehrfach prämierte Verlag als Spezialist für Neuautoren in Deutschland, Österreich und der Schweiz.

Für jedes neue Manuskript wird innerhalb weniger Wochen eine kostenfreie, unverbindliche Lektorats-Prüfung erstellt.

Weitere Informationen zum Verlag und seinen Büchern finden Sie im Internet unter:

w w w . n o v u m v e r l a g . c o m

Bewerten Sie dieses Buch auf unserer Homepage!

www.novumverlag.com